.

日记背后的历史

莫扎特的未婚妻

康斯坦丝的音乐日记 ｜1781—1783年｜

Isabelle Duquesnoy

〔法〕伊莎贝尔·迪凯努瓦 著

缪伶超 译

人民文学出版社
PEOPLE'S LITERATURE PUBLISHING HOUSE

著作权合同登记号　图字 01-2019-0633

Constance, fiancée de Mozart

图书在版编目（CIP）数据

莫扎特的未婚妻：康斯坦丝的音乐日记 /（法）伊
莎贝尔·迪凯努瓦著；缪伶超译. -- 北京：人民文学
出版社，2023
　　（日记背后的历史）
　　ISBN 978-7-02-018140-7

　　Ⅰ.①莫… Ⅱ.①伊… ②缪… Ⅲ.①儿童小说－长
篇小说－法国－现代 Ⅳ.①I565.84

中国国家版本馆 CIP 数据核字 (2023) 第 133742 号

责任编辑　李　娜　王雪纯
装帧设计　李苗苗

出版发行　人民文学出版社
社　　址　北京市朝内大街 166 号
邮　　编　100705

印　　刷　凸版艺彩（东莞）印刷有限公司
经　　销　全国新华书店等

字　　数　100 千字
开　　本　890 毫米 ×1240 毫米　1/32
印　　张　7
版　　次　2023 年 5 月北京第 1 版
印　　次　2023 年 5 月第 1 次印刷

书　　号　978-7-02-018140-7
定　　价　39.00 元

如有印装质量问题，请与本社图书销售中心调换。电话：010-65233595

序

老少咸宜，多多益善

——读《日记背后的历史》丛书有感

钱理群

　　这是一套"童书"；但在我的感觉里，这又不止是童书，因为我这七十多岁的老爷爷就读得津津有味，不亦乐乎。这两天我在读"丛书"中的两本《王室的逃亡》和《法老的探险家》时，就有一种既熟悉又陌生的奇异感觉。作品所写的法国大革命，是我在中学、大学读书时就知道的，埃及的法老也是早有耳闻；但这一次阅读却由抽象空洞的"知识"变成了似乎是亲历的具体"感受"：我仿佛和法国的外省女孩露易丝一起挤在巴黎小酒店里，听那些平日谁也不

1

注意的老爹、小伙、姑娘慷慨激昂地议论国事，"眼里闪着奇怪的光芒"，举杯高喊："现在的国王不能再随心所欲地把人关进大牢里去了，这个时代结束了！"齐声狂歌："啊，一切都会好的，会好的，会好的……"我的心都要跳出来了！我又突然置身于3500年前的神奇的"彭特之地"，和出身平民的法老的伴侣、十岁男孩米内迈斯一块儿，突然遭遇珍禽怪兽，紧张得屏住了呼吸……这样的似真似假的生命体验实在太棒了！本来，自由穿越时间隧道，和远古、异域的人神交，这是人的天然本性，是不受年龄限制的；这套童书充分满足了人性的这一精神欲求，就做到了老少咸宜。在我看来，这就是其魅力所在。

而且它还提供了一种阅读方式：建议家长——爷爷、奶奶、爸爸、妈妈们，自己先读书，读出意思、味道，再和孩子一起阅读，交流。这样的两代人、三代人的"共读"，不仅是引导孩子读书的最佳途径，而且还营造了全家人围绕书进行心灵对话的最好环境和氛围。这样的共读，长期坚持下来，成为习惯，变成家庭生活方式，就自然形成了"精神家园"。这对孩子的健全成长，以至家长自身的精神健康，家庭的和睦，都是至关重要的。——这或许是出版这一套及其他类似的童书的更深层次的意义所在。

我也就由此想到了与童书的写作、翻译和出版相关的一些问题。

所谓"童书"，顾名思义，就是给儿童阅读的书。这里，就有两个问题：一是如何认识"儿童"，二是我们需要怎样的"童书"。

首先要自问：我们真的懂得儿童了吗？这是近一百年前"五四"那一代人鲁迅、周作人他们就提出过的问题。他们批评成年人不是把孩子看成是"缩小的成人"（鲁迅：《我们现在怎样做父亲》），就是视之为"小猫、小狗"，不承认"儿童在生理上心理上，虽然和大人有点不同，但他仍是完全的个人，有他自己的内外两面的生活。儿童期的十几年的生活，一面固然是成人生活的预备，但一面也自有独立的意义和价值"（周作人：《儿童的文学》）。

正因为不认识、不承认儿童作为"完全的个人"的生理、心理上的"独立性"，我们在儿童教育，包括童书的编写上，就经常犯两个错误：一是把成年人的思想、阅读习惯强加于儿童，完全不顾他们的精神需求与接受能力，进行成年人的说教；二是无视儿童精神需求的丰富性与向上性，低估儿童的智力水平，一味"装小"，卖弄"幼稚"。这样的或拔高，或矮化，都会倒了孩子阅读的胃口，这就是许多孩子不爱上学，不喜欢读所谓"童书"的重要原因：在孩子们看来，这都是"大人们的童书"，与他们无关，是自己不需要、无兴趣的。

那么，我们是不是又可以"一切以儿童的兴趣"为转移呢？这里，也有两个问题。一是把儿童的兴趣看得过分狭窄，在一些老师和童书的作者、出版者眼里，儿童就是喜欢童话，魔幻小说，把童书限制在几种文类、有数题材上，结果是作茧自缚。其二，我们不能把对儿童独立性的尊重简单地变成"儿童中心主义"，而忽视了成年人的"引导"作用，放弃"教育"的责任——当然，这样的教育和引导，又必须从儿童自身的特点出发，尊重与发挥儿童的自主性。就以这一套讲述历史文化的丛书《日记背后的历史》而言，尽管如前所说，它从根本上是符合人性本身的精神需求的，但这样的需求，在儿童那里，却未必是自发的兴趣，而必须有引导。历史教育应该是孩子们的素质教育不可缺失的部分，我们需要这样的让孩子走近历史、开阔视野的人文历史知识方面的读物。而这套书编写的最大特点，是通过一个个少年的日记让小读者亲历一个历史事件发生的前后，引导小读者进入历史名人的生活——如《王室的逃亡》里的法国大革命和路易十六国王、王后；《法老的探险家》里的彭特之地的探险和国王图特摩斯，连小主人翁米内迈斯也是实有的历史人物。每本书讲述的都是"日记背后的历史"，日记和故事是虚构的，但故事发生的历史背景和史实细节却是真实的，这样的文学与历史的结合，故事真实感与历史真实性的结合，是极有创造性的。它巧妙地将引导孩子进入历史的教育目的与孩子的兴趣、可接受性结合起来，儿童读者自会通过这样的讲述世界历史的文学故事，从小就获得一种历史感和世界视野，这就为孩子一生的成长奠定了一个坚实、阔大的基础，在全球化的时代，这是一个人的不可或缺的精神素质，其意义与影响是深远的。我们如果因为这样的教育似乎与应试无关，而加以忽略，那将是短见的。

这又涉及一个问题：我们需要怎样的童书？前不久读到儿童文学评论家刘绪源先生的一篇文章，他提出要将"商业童书"与"儿童文学中的顶尖艺术品"作一个区分（《中国童书真的"大胜"了吗？》，载 2013 年 12 月 13 日《文汇读书周报》），这是有道理的。或许还有一种"应试童书"。这里不准备对这三类童书作价值评价，但可以肯定的是，在中国当下社会与教育体制下，它们都有存在的必要，也就是说，如同整个社会文化应该是多元的，童书同样应该是多元的，以满足儿童与社会的多样需求。但我想要强调的是，鉴于许多人都把应试童书和商业童书看作是童书的全部，今天提出艺术品童书的意义，为其呼吁与鼓吹，是必要与及时的。这背后是有一个理念的：一切要着眼于孩子一生的长远、全面、健康的发展。

因此，我要说，《日记背后的历史》这样的历史文化丛书，多多益善！

2013 年 2 月 15—16 日

献给朱斯蒂娜

为纪念让·布莱兹而作

无论贫富贵贱，
任凭丰功伟业，
终将长眠于此。

康斯坦丝·莫扎特

1781年1月4日　维也纳

　　女仆粗鲁地拉开卧室的窗帘，上午的艳阳刺得我睁不开眼睛。虽然我不喜欢她鲁莽的举止，可我知道其实她心地很善良。她把令人反胃的荨麻茶放在我的床头柜上，喃喃道："要全喝完，康斯坦丝小姐，这可是您母亲的命令。"

　　自从我身体不适开始，就不得不喝各种各样苦得让人皱眉头的汤药。然后，我睡觉、睡觉、再睡觉。啊！倒不是因为我有多喜欢我的床，只不过我实在太无聊了，没人陪我，也无事可做。我期待快点痊愈，也渴望夜晚快快来临，昏昏沉沉的，时间才会过得快些。

　　清晨时分，整幢房子都美梦正酣，隔着墙能听到妈妈的打鼾声。每当这时，我就开始写我的秘密日记……我涂满整页整页，写下只属于我的一些思索，吐露无法向任何人倾诉的念头，还有些"蠢事"，要是被妈妈知道了一定会嗤之以鼻。我就着一段蜡烛头的微光来写日记，直到烛火熄灭。一旦天际熹微，我就赶忙把羽毛笔和日记本藏好。

可是很不幸，就在今天早上，我忘了藏起来！女仆总是先打开我房间里的窗帘，把金属环扣搅得咔咔作响。咔咔咔！咔咔咔！她故意制造噪声，想借机把我吵醒。正在此刻，我看见她的目光落在我的秘密日记上。我恨不得马上冲过去瞪着她，却有心无力，因为我根本没办法起身，我虚弱得连站也站不稳。

周围是死一样的寂静。我们俩都牢牢盯着露在被子外面的这几页纸。我脑海中有几千个问题在灼热燃烧："她会出卖我吗？真是一场大灾难！她会向妈妈告密吗？要是她把我写日记的事情传出去，那我就完蛋了！啊！不会的，我真是太蠢了：她几乎和所有仆人一样，大字不识！"

女仆一言不发地走出了我的房间。我知道她注意到我手指上残留着墨水印。我不知道她在盘算些什么。整整一天，我都提心吊胆，生怕被揭发……后来大约七点钟时，妈妈让她给我端晚餐来，她往我的床上扔了一本图画本子和三根粗粗的蜡烛。

"你从哪里弄来这些东西的?"我惊诧地问道，因为我知道妈妈给放蜡烛的柜子上了两道锁。

她把十只丑陋、发红的手指头放在围裙里绞了又绞。

"千万别说出去，康斯坦丝小姐，否则您母亲会把我赶走的。我……我从房客的房间里收来的纸。"

"那么这些蜡烛呢? 你是从哪里弄来的?"

"康斯坦丝小姐，这些蜡烛头，我是从您母亲的储藏室里顺来的。我知道怎么打开柜子。可我不是故意的! 有一天我在擦她的柜子，啪的一声，盖子就自己打开了。那次我注意到里面放着蜡烛头和她偷偷藏起来的果酱。"

我一时语塞，感到心烦意乱。老实的女仆这么做无疑是真心把我当朋友，可是我一想到妈妈发现这三支可怜巴巴的蜡烛头不见以后暴跳如雷的样子，就吓得魂不附体! 这可是女仆一天的薪水! 妈妈发起火来可不是闹着玩的，一点点小事就能激怒她，让她平息怒火却难于登天。一阵风吹翻了她的帽子？走到洗衣槽边都能听到她抱怨的声音。有人行色匆匆不小心踩了她一脚？她会尖叫着要求赔偿一双新鞋。我们的仆人把面包屑偷偷藏在毯子下面？妈妈会没收他一个星期的薪水。可这些和今晚的事情比起来都不值一提。我想对年轻的女仆讲一番大道理："这是偷窃，你懂吗？你有没有大脑啊？竟然做出这样的事来。"

"我没有大脑。"她认真地回答。

"什么？谁让你有这个愚蠢的想法的？"

她皱起了棕色的粗眉。

"是那个房客。他说男人有大脑，而女人只有小脑。"

"傻瓜，他是逗你玩呢。"

"您不会把这事告诉您母亲吧，康斯坦丝小姐？"

"我不会说的，你放心。"我喃喃道，"那么你也不能告诉任何人我在写东西。这是一个秘密，你能守口如瓶吗？"

夜晚

我们的家叫作"上帝之眼",几乎维也纳的每幢房子都有名字。这可比门牌号码美妙多了!我们和许多维也纳家庭相仿,会把房间租给房客,以贴补家用。借住的客人中有少数外交官,大多是音乐家或作曲家。他们支付的房租让我们比普通家庭过得更滋润一些,还能满足我们的一些小奢侈:去歌剧院看表演、一周吃三次肉、给假发扑白粉、请一个女仆。妈妈每周日给我们七根蜡烛,我们不得不省着用,以免捉襟见肘。住在走廊尽头的房客睡得很早,他从来不会把蜡烛用到头,剩下的就收在一个小抽屉里。妈妈就从这个小抽屉里回收蜡烛头!周一给他的,她总能在周三拿回来!

"我在等你发誓,"我对女仆说,"你能保守秘密吗?"

"我发誓!我一定会管好自己的嘴!"她把右手放在心脏上,做出发誓的样子。

"快走吧!只此一次,下不为例。"

就这样,为了避免善良敦厚的女仆流离失所,我继续在图画纸上涂涂写写。她给我的三个蜡烛头至少陪伴了我六个长长的夜晚。真是太幸运了!

1781年1月5日

今天是我的生日。

我猜想姐妹们和妈妈会在床边为我举行一场小小的生日会。一整年我都梦想拥有一条印度丝编织的漂亮披肩,要那种"母鹿肚子"的颜色,这是当下最流行的了。

我都等不及吃晚饭了,真想快点揭晓礼物是什么!

1781年1月6日

什么都没有。

我生日那天什么都没发生。妈妈把它给忘了。我的姐妹们也是。我一整晚都竭力隐藏失望之情。她们甚至还去了剧院，把我一个人留在家里！刚入夜的时候，我看到她们整理帽子准备出门，还以为是在和我闹着玩。我和她们一起有说有笑，可是当大门一关上，我就明白了，真的只剩下我一个，我被遗忘了！于是，我开始哭泣。我哭了好久好久，甚至都听到了午夜教堂敲响的十二声钟响。

1781年1月7日

我的姐妹们善意地提醒妈妈，她忘了我的生日。妈妈不愿被看成是小气鬼，急匆匆地回房间，出来时手里拿了一个栗色纸包着的小盒子。

"拿着！"她递给我时语气中带着埋怨。

我马上打开了盒子……

万万没有想到，妈妈送了我一顶假发！姐妹们看上去心满意足，我却觉得她们是看到我没有收到颜色最流行的漂亮披肩而松了一口气。

等到姐妹们去烤香肠，房间里只剩我们俩时，妈妈俯下身来，告诫我："把这件礼物戴在脑袋上时要小心。"

"啊？为什么？这顶假发不太结实吗？"

她露出了欣喜若狂的表情。

"不，它很结实。我把它拿给过织发女工，让她烫个新发卷，可是我敢打赌，那个手脚不干净的女人肯定趁机把它租给别人了。"

她整理了一下裙摆上的皱褶。

"我不想再要这顶假发了，因为她还给我的时候上面都是虱子。"

虱子！妈妈送给我的假发上布满了虱子！

我的知己啊，我的生日让我号啕大哭了两次：第一次是因为它被遗忘了，第二次是因为妈妈送我的可怕礼物。

我再也写不下去了，我的眼睛火辣辣地疼。

1781年1月9日

维也纳是一座处处有惊喜的城市，我一旦能够站稳起身，一定会爱上它。我们的街道多姿多彩：走在街上会遇到驯熊人、可丽饼摊贩、木偶，还有音乐家，他们和蔬菜摊贩比肩而立。猪猡在遍地屎尿中被驱赶着上了运货马车，不时发出尖厉的叫喊，夹杂着形形色色练摊人的争吵叫骂，这场景已经让人司空见惯。

这里生活着来自世界各地的人，从不会因宗教原因剑拔弩张。我们的皇帝约瑟夫二世明令禁止斗殴，他严令天主教徒、新教教徒和犹太教徒必须和睦相处。所以常常会看到一些很有趣的场面：比如奥地利人和土耳其人相谈甚欢，再比如意大利人手舞足蹈地和佛拉芒人比画手势。捷克人还企图弄明白其他人都在怪腔怪调地说些什么！他们全都穿着家乡的服饰，在维也纳街头悠然自在地漫步。

❀

1781年1月10日

亲爱的日记：

我决定给你起个名字。你觉得"纸上闺蜜"怎么样？我觉得听上去挺不错的！

我至少还要卧床休息三个星期！由于我没有朋友，只有一些坏心肠的阴险邻居，所以我感到无聊极了。

医生用药剂折磨我，却迟迟不把我治好。灌肠疼得我死去活来，所以我拒绝了，现在他在尝试一种全新的草药制剂：把牛粪放在白菜烧成的灰烬里碾碎，然后和面包芯混合在一起制成糊剂。我不得不把这玩意放在肚子上一整夜。那气味叫人恶心，简直能熏跑一条狗。而我妈妈担心我再这样卧床不起迟早会变成像贵族小姐那样的懒姑娘……

真不公平！我可不是好吃懒做的人！我也不愿意老是慵懒地躺在床上，看上去一副蠢相。一天早上，我的双腿毫无来由地变得像棉花一样，没人知道是怎么回事，也没人知道病因。我感到无比悲伤，动不动就哭，有时候是因为姐妹们的无心之语，有时候是因为妈妈严酷的态度。就连看到光秃秃的树木在风中颤动，或雨滴打在阶沿上，我都会忍不住哽咽抽泣。我甚至会一连好几天都不洗澡梳头。妈妈总是威胁我："要是你再这么任性胡闹下去，我就叫理发师来给你放放血！"

我才不信她舍得为我花钱请理发师来，于是我就继续任凭这毫无来由的绝望淹没我……可是有一天早上……妈妈打开我的房门，脸上的笑容中流露着不安。我立即在床上蜷缩成一团，仿佛猎物靠近猎人布下的陷阱时嗅到了可疑的味道。

"在那儿！"她一打开门就叫道，"把她的血都放光，帮我们除掉……呃……帮她去去晦气！"

理发师打开皮包，拿出一把锋利的小折刀。钢刃在从天窗透进的黯淡光线中熠熠闪光。妈妈马上用尽全力按住我的手腕。我姐姐约瑟法扑到我身上按住我的脚，不停地说："别动，都是为了你好。"理发师的刀一切开我的脚踝，鲜血就汩汩流出，我的脸一下子变得刷白。

"我们还是给你来上一巴掌吧。"妈妈建议道。

随后我就失去了知觉，什么也记不得了。

1781年1月19日

今晚真是个了不起的夜晚！

我的光源储备充足。我手里的蜡烛至少够我写上两晚，这一切都是因为好运降临。像往常一样，每周日做完弥撒回家后，妈妈给我们分发蜡烛。她把每段蜡烛称了又称，交给我们时摆出一副好善乐施的倨傲表情，非得要我们道谢才肯松手。可是今天上午，她算错了，多给了我一些。在我们家里，照明可不是件小事，说起来奥地利的每家每户都大同小异。客厅里的漂亮白蜡烛从来不准点燃，因为它们只是为了装装样子用的。我们也从来不在晚餐时间请客——因为点灯花费不菲。我们更喜欢在中午宴客，并请客人自带糖来赴宴。

1781年2月2日

我发现我还没有介绍过我自己！我实在是太失礼了！亲爱的纸上闺蜜，我名叫康斯坦丝·韦伯。我母亲说在她的几个女儿里，我是最其貌不扬的。她说的也许没错……可是我悄悄告诉你：妈妈也不是什么大美女！她常常会怪声怪气，弄得五官变形。

我觉得现在是时候做一个完整的介绍了。

我的母亲叫赛西莉亚·韦伯，她一共生了四个女儿。

"多生了三个！"她自以为幽默，每次说都乐此不疲。

怎么向你形容我妈妈呢？她胖胖的，相貌相当滑稽：她的鼻子都快碰到嘴了，所以看上去神情可憎、脾气不好。她的肚子高高隆起，显得比胸还突出，为了显瘦，她执意穿小一号的上衣，勒得手臂扭曲变形。她说起话来滔滔不绝，没完没了，嗓门很大，满嘴的食物常常飞溅到邻座的外套上。只要她一开口，大家都免不了琢磨她又会冒犯到谁。她对谁都喜欢评头论足，总是自说自话，硬要给别人建议。我们的邻居给她起了个外号"公爵夫人"，因为他们觉得她粗俗低贱。她却引以为荣，得意非凡。我看到过他们在她经过时窃笑不已。有时候我觉得他们太残忍了，因为我妈妈的天性有缺陷。是的，就是这样：我妈妈是一个精神上的"瘸子"。

韦伯家的四个姑娘里，最年长的是约瑟法。她身材高大，体态丰盈，有一副嘹亮的好嗓子。她唱起歌来婉转动听，可是常常汗出如浆，这点让她困扰不已。妈妈把果酱锁起来就是为了防她，但约瑟法还是排除万难，找到了满足口腹之欲的绝招：她把生菜梗收集起来，放在糖水里熬煮，就这样发明了一个做甜食的秘方。

老二叫阿洛西亚，据说这个名字在法语里面叫"路易丝"。我可要好好和你谈谈阿洛西亚。她的音域比约瑟法还高，可她的声音不够稳定持久。她娇嫩极了，追求她的先生络绎不绝。他们都拜倒在她的石榴裙下。所有人！但是妈妈（我们那可怕的妈妈）为她说了一门亲事，就像做买卖讨价还价一样。有时候妈妈就是这样看待我们的：我们是一件易耗商品，一块容易腐烂的肉，生怕我们来不及找到如意郎君就贬值了。于是，她为我们梳妆打扮，教我们怎样紧闭双唇，藏起蛀牙。随后，在某一天晚上把我们推进挤满陌生人的沙龙，我们不得不在众人面前唱歌弹琴。我们听从指示，要步履端庄，要举止乖巧，如同求偶的马匹一样，还非要强颜欢笑，对着挑拣我们的人呵呵傻乐。妈妈为了给我们打气，每次都反复唠叨："既然货物的卖相不好，就要精心包装，穿上你们最贵的裙子，都给我站直了！"

对我而言，情况一目了然。我连一条贵重的裙子也没有，因为妈妈从不舍得花钱为我打扮。她为什么要给我买裙子呢？毕竟这相当于一个教授一年的薪水啊。真是痴心妄想！我总是穿姐姐们改过的旧裙子。不仅蝴蝶结早已褪色，臂弯处还常常能看到缝补的痕迹。我穿着不合身的衣服会感到很难为情，也不愿意出去见人。既然货物（我）已如此丑陋，现在连包装（衣服）也残破不堪，那我又怎能安之若素呢？

我们光彩照人的阿洛西亚再也不用费力取悦，因为她搬了出去，嫁给了一个剧院老板。他叫约瑟夫·朗格。我很喜欢他，他对我们特别和善。姐姐阿洛西亚声名远播，她唱得棒极了！她长得也美！可是她变得越来越有钱之后，你猜猜她个性变得怎么样？讨人厌！我们全家都为她搬了家，就为了离她近一些！我们搬家后，她变本加厉，更加不可一世，因为她现在深信自己高我们一等。观众欣赏她的好嗓子，可是女人们妒忌她的美貌。

我是老三，康斯坦丝。我父母那时希望生个男孩，我这个多余的女儿让他们大失所望。也许这就是大家都不待见我的原因吧？无论如何，我唱歌中规中矩，也会读乐谱。可惜啊，我的羽管键琴弹得相当平庸，因为我上的课不够多。妈妈不乐意为我花钱，情愿掏空钱袋宠坏我的姐妹们：她们要钓到金龟婿，就一定要秀色可餐。至于我嘛……

"你让人提不起兴趣来！"妈妈常对我说，"谁会要你这么个丑八怪呢？看来你会一直留在我身边，等我老了给我当拐杖。不然你就去修道院等着发霉吧。你自己选！"

我们四个中年龄最小的是温柔的苏菲。她梦想有朝一日能在维也纳的剧院里登台演出。她心地善良，多才多艺，人见人爱。苏菲的陪伴最让我舒心，她总能找到一句贴心话安慰我或平息我的恐惧。有时候我们就这么久久地坐着，相互依偎，一言不发，能互相陪伴就已经心满意足了。

夜里

我们四个都学过音乐。我当然不会忘记提到我们可怜的爸爸，他叫弗里多林·韦伯。我亲爱的爸爸是个正派人，我每天都祈祷，愿他的灵魂安息。我们俩曾经非常亲密，我想大概是因为我很像他，而他也在我的个性里看到他大部分缺陷的踪影。

当一个孩子失去了父亲后，就会指派一个监护人负责监督他受到良好的教育。如果孩子有遗产的话，监护人还要保证这笔钱的正当用途。

我的监护人是托尔沃特先生，可是他从来不尽监管的责任，也从来不来我们家！我既没有一分钱遗产，也没人操心我的学习。即使在路上遇到他，我都不敢说能不能认出他的脸来。当然，我是言过其实了。

我这么说是因为我很生气没人来教我，我很想学习地理、拉丁文和数学。爸爸肯定不希望自己的女儿见识粗鄙。

在奥地利，除了仆人和农民，每家每户都会点音乐。音乐可以帮助苦命人脱离苦海：一个穷乐师总能找到活干，因为达官贵人都有自己的音乐沙龙，愿意花费重金聘请乐队一整年只为自己演出。供养一个乐队的花销贵得匪夷所思。我不清楚到底要多少钱，因为没人对年轻女孩谈论金钱，可是我曾有所耳闻。爸爸说过，一个好的私人乐队至少得有十一个乐师，光一个夏天的花销就超过了一整座医院！像我们这样家境平平的人家会让孩子学学音乐，因为只有这样才有可能受邀前往名流沙龙。贵族们钟爱接待初露峥嵘的天才：一些年幼的神童会在那里遇到一掷千金的赞助人。博学能道的小伙子和出身贫寒的少女一样，都会找到金主，为他们带来金光闪闪的前途。

我今晚给你写了这么多话，感到精疲力竭，连握笔的手指都变僵了。我答应，从明天开始，我会给你讲述我每天的喜怒哀乐和点点滴滴。

1781年2月22日

今天上午，苏菲来我房间里消磨时间。我们翻看爸爸留下的一本画稿，聊起了过去的种种。

"你什么时候才能像过去一样快乐？"她抚摸着我的手温柔地问，"很久没有听到你笑了，我很怀念你的笑声。这个家没有了你的欢声笑语，显得那么凄凉。"

我又怎能知道快乐是否会再次垂青于我？我掌控不了任何东西，却每天都在祈祷，恳求好心情回心转意，回到我心中。

郁郁寡欢会带来很多惩罚，其中最严酷的就是让我对什么都提不起劲来。在我眼中，一切都黯淡无光，我内心深处却热烈渴望能够痊愈。

"你想听我给你弹弹琴吗？"苏菲建议道，她总是那么慷慨善良。

约瑟法悄无声息地走进房间，一屁股坐到我的床边，紧挨着苏菲，木床板发出阵阵呻吟。

"她的床要被我们坐断了。"苏菲猛地站了起来，"还是一人坐一边比较好。"

"我还不至于那么胖吧！"约瑟法有点恼羞成怒，不禁惊呼道，"你们瞧瞧自己多丧气！你们刚才在聊些什么？"

"我建议我们的康斯坦丝听我弹会儿琴来散散心。"苏菲嗫嚅道。

客厅里有一架旧钢琴。我们不时得给它换换位置，让它免受沿着墙壁渗进来的潮气侵袭。不过它的音色相当不错。

苏菲拍拍手。

"多棒的主意啊，我们来弹琴吧。来，我们带你去客厅！"

约瑟法拉下脸来。永远只有苏菲会发自内心地想逗我开心。

我们在钢琴上叠放着的谱子中翻找，这是我们可怜的爸爸留下的，他常常收到作曲大师的馈赠。其中有一份乐谱吸引了我的注意。

"哦！"我十分激动，"《色萨利人》，你们还记得这首曲子吗？"

约瑟法猛地抬起头，咬紧下唇。单单这个标题就让我们俩惊愕不已，因为它勾起了一段伤痛的回忆。

"说给我听听嘛。"苏菲哀求我们。

曾有一个名叫沃尔夫冈·莫扎特的年轻作曲家狂热地爱上了我们的阿洛西亚。郎有情妾有意，他们一起描绘了未来的蓝图。阿洛西亚梦想成为歌唱家，可是她性格刁蛮，又毫无经验。好心的沃尔夫冈·莫扎特慷慨地指教她，而她也虚心听从，要知道莫扎特虽然年纪轻轻，却已经小有名声。

可没过多久，他父亲逼迫他离开奥地利，到凡尔赛宫路易十六和玛丽·安托瓦内特身边去碰运气。他心想王后陛下既然和他是同乡，大概会为他进宫铺平道路。阿洛西亚承诺乖乖等待未婚夫归来，每天诚心晚祷，祈求上帝赐福于他。我们的这个姐妹貌美如花，再加上沃尔夫冈·莫扎特的引荐，她逐渐在贵胄沙龙中崭露头角。她很快忘记了自己的誓言，也很快忘记了自己的爱人。那个可怜人从巴黎发出一封又一封感人肺腑的信件，他遭受重创，他母亲喝了塞纳河的河水后，感染伤寒去世，他刚刚为她举行了葬礼。阿洛西亚把他的信都丢在一边，只读了最后一封：他在信里宣布将会回到奥地利，恨不得立刻把未婚妻抱进怀里。真是一场灾难！沃尔夫冈·莫扎特已经策马飞奔了迢迢千里，没人来得及提醒他羞辱已近在眼前。

1778年的平安夜，妈妈在家里举办了一场音乐晚会，城里最俊美的单身汉济济一堂：阿洛西亚是当之无愧的主角，大家都听她歌唱，看她撒娇作态。她任凭别人亲吻她的手背，发出惊讶的轻呼，用扇子遮掩狡黠的笑容。突然，客厅的两扇门被推开了，沃尔夫冈·莫扎特出现在大家眼前。全场一片惊讶！没人料到他会这么早到！他身穿一件风度翩翩的红丝绒外套，上面镶有大颗黑纽扣。他向所有宾客致敬，随后拨开人群，大步走向意中人。因为激动，他两颊涨得通红。阿洛西亚后退一步，好从头到脚打量他，然后一言不发，满脸不屑。她抬头望天，露出忧伤的神情，同时放出第一支毒箭，高声说道："既然您穿着这么一身漂亮的仆役号衣，那容许我推测您马上就要重操旧业，继续当供人使唤的乐师了吧！"

阿洛西亚不知道莫扎特先生穿的是法式丧服，为他刚刚过世的母亲尽孝。的确，在我们奥地利，镶有黑纽扣的红色外套是专为仆役准备的。可是即便如此，阿洛西亚也不该出口伤人。

莫扎特先生的脸色变得十分哀伤，我以为他会当场落泪。可是没有，他没有任何怨言。又过了很长一阵，他递给她一小摞用紫色缎带捆扎的纸卷。

"这是送给您的，阿洛西亚。这首乐曲是我专为您量身定做的。这首《色萨利人》无疑是我最好的一部作品！"

随后他转过身，坐到钢琴前。他先把手指关节弄得咔咔作响，那样子颇为粗犷，接着突然弹奏了一支贝利欣根的粗俗旧曲。这支曲子在奥地利人尽皆知："那些不爱我的人啊，我带他们去……"

莫扎特弹奏完后，略带笨拙地鞠躬致意，从此以后我们就再也没见过他。我父亲很喜欢这个年轻人，也十分欣赏他的音乐才华，所以四处打探他的下落。不久之后，我们得知莫扎特躲到一个朋友家痛哭流涕，然后重返他的家乡萨尔茨堡。

我一直后悔没能提醒莫扎特避开这场潜伏的灾难，我姐姐配不上他付出那么真挚的感情。我希望我有朝一日也能遇到一个知心人，像他爱着姐姐一样爱着我……

这份乐谱是这个年轻人留给我们的唯一纪念。回忆起这段往事让我心潮翻涌，我觉得他是个很有趣的人，可他眼里只有姐姐。我那时还太小，没人会注意到我，毕竟我身材平庸，也没有什么漂亮裙子，才不会有人发现我的存在呢。

时隔三年，阿洛西亚已嫁为人妇。她早已把这一切忘了个一干二净！她那颗平庸乏味的心已经把裙下之臣和莫扎特都打入了冷宫。而我呢，我没有忘记我们过去生活在曼海姆时多么快乐，后来为了迁就她才举家搬到维也纳来。而此时此刻，我躺在床上闷得快要死了。

1781年2月23日

苏菲把装金丝雀的笼子挂到了我房间的房梁上。

我们俩训练金丝雀自己打开笼门，这只鸟很机灵，可是不肯尽力而为。集市的驯鸟人建议我们，要用蚂蚁卵喂饱它们，才能让它们聪明点。它低头啄食，不出几分钟就吃下了像它脑袋那么大的东西。人们总说"胃口像鸟一样小"，可这个小东西每天能吃下比自己重三倍的食物！我刚开始被它逗乐，可是……悲剧啊！一个医生来回访，为我诊断病情。妈妈答应过我再也不叫他来看病的！我想要躲开他，想

25

跑回房间，刚跑到走廊中间，就双腿瘫软，摔倒在地砖上。我醒来的时候已经躺在了床上。我只觉得天花板好像风平浪静的海面一样微微起伏，家具则在天旋地转。医生在我肘弯处又放了一次血。切口很深，我再次昏了过去。我实在太厌恶放血了，我敢肯定这些野蛮的疗法根本不管用。理发师和医生都是江湖郎中。再说了，血腥味让我犯恶心。

1781年2月25日

苏菲告诉我今天下午她在奥格腾公园散步时，遇到了皇帝陛下！我们的皇帝约瑟夫二世热衷于身披朴素大氅、头戴羊毛毡帽，与平民百姓为伍。他不许路人向他鞠躬施礼。他的妹妹玛丽·安托瓦内特（也就是法国王后）在凡尔赛宫里也不遑多让。据说她走进小剧院时，禁止仆人屈膝问安，而且王后亲自上台表演，供仆人观赏，为他们端茶送水还乐在其中。上天有时候真是残酷：王公贵族乐此不疲地扮演仆人的角色，仆人却做梦也想嫁给一个王子。

我嘛，我就不奢望嫁入帝王家了。我只想有一双健全的腿，支撑我稳稳地站着就心满意足了。

1781年2月26日

我贴心的纸上闺蜜，我上次说到哪儿了？啊！我想起来了……我曾经和你谈起我的生活。

我对你吐露过，都是因为阿洛西亚，我们不得不离开平静祥和的曼海姆，定居在维也纳，我为此气愤极了。我多么喜欢曼海姆啊。我父亲在剧院里做"提词人"。瞧这活多有意思：他躲在舞台前方的一个小洞里，背对着观众，负责轻声提醒演员忘记的台词。一时忘词是家常便饭！演员千万不能和提词人闹别扭，否则提词人一赌气，演员就只能哑口无言，等着被观众扔臭鸡蛋吧。观众还会不失时机地边扔边喝倒彩："呜！呜！"苏菲和我偶尔能得到特许，待在他身边。我喜欢读他手里的台词，感受他呼出的温热气息吹拂到脸上。我在曼海姆度过的温馨童年一去不复返了。为什么我们一时头昏，离开那座美好的城市呢？

一年前，阿洛西亚得知维也纳的头号女歌唱家逝世了。她听到消息，立即耸起上身。什么？死了？那么歌剧院岂不是缺了主角？维也纳需要一个新歌手！

阿洛西亚跳上一辆六驾马车，我们全家都被塞进车里，苏菲坐在爸爸的大腿上，我卡在车门和胖乎乎的约瑟法之间，约瑟法把我压得喘不过气来，还不停地唉声叹气。我们策马扬鞭，一路飞驰到维也纳……阿洛西亚在开场前的剧院门口蹲点，她冲上舞台，哀求剧院老板给她一个机会，让她接替死去的女主角！"我能把她的角色一字不漏地背下来！"她向他打保票。

起先，观众大吃一惊，可是演出很成功，掌声雷动，响彻整个剧院。阿洛西亚初次登台就肩挑专属于名角的重要角色，可谓一战成名！可她很快不满足于此，眼看年轻的剧院老板刚刚成为鳏夫，就向他发动攻势……

约瑟夫·朗格先生寂寞难耐，无力抵抗我们那头母老虎的追求。不出多久，这个可怜的家伙一头栽进了阿洛西亚的怀抱，就像掉进蜘蛛网的小飞虫，毫无逃生的可能！

婚期很快确定，妈妈却从中阻挠。

"只要我还有一口气在，你就休想嫁给这位先生！"妈妈歇斯底里地大吼。

阿洛西亚涕泪俱下，苦苦哀求。她漂亮的脸蛋肿成了个气球。

"妈妈，您明知道他爱着我，我也爱着他！为什么要剥夺我的幸福？"

"蠢丫头，我来告诉你为什么我反对这门婚事：要是你离开'上帝之眼'，我就收不到你在剧院领到的薪水了！没有这笔钱，我和你的姐妹们只能上街要饭。"

阿洛西亚打起嗝来，脸上布满了丑陋的红色斑痕。妈妈乘胜追击，让她的负罪感再深一层：

"我为你做出那么多牺牲！你总不希望看到我衣衫褴褛，四处流浪吧？"

亲爱的闺蜜，你永远无法想象那天我多为妈妈脸红。姐姐和未来的姐夫看她大动干戈，手舞足蹈得像掉进胡椒粉里的兔子后，终于退让了。他们立下字据，每年支付她六百弗罗林的年金！就这样，妈妈以一个医生年薪的价格把她的二女儿卖了出去！阿洛西亚摇身一变成为约瑟夫·朗格夫人，婚礼于1780年10月31日在维也纳圣斯特凡大教堂举行，妈妈也勉为其难，给新人送去"祝福"。

在维也纳歌剧院有了这么个歌唱家亲戚后，妈妈自命不凡起来。她在集市里乱转，手指着演出海报到处说："这是我闺女！"

每次赊账买东西被拒绝时，我们的赛西莉亚·韦伯夫人便会声色俱厉地威胁道："你给我小心点！你知道我是谁吗？我女儿是头号女歌星，我女婿是大老板！啊！我劝你对我客气点，先生！"

她四处树敌，可她一点也不在乎：只要能收到那六百弗罗林的年金，就够她乐的了。

蜡烛头的微弱火苗在颤抖，我感到房间很快会陷入黑暗。我要先告辞了，亲爱的闺蜜。

1781年2月27日

我今天几乎什么都没吃。妈妈明知道我不喜欢吃烤天鹅肉和猫肝。我太喜欢这些宠物，实在不忍心下口。厨师为了掩盖它们原本的味道，加了很多香料。可是我味觉细腻，一下子就尝出猫肉的口感来，它有点像兔肉，粉红色的，纤维粗壮。至于天鹅肉，已经根本说不清是什么味道了，因为厨师撒了胡椒粉，把我的舌头都弄麻了。

夜晚的思绪

我们三个留在家里的女儿从此要承担新的苦役：为阿洛西亚裁衣，为阿洛西亚梳头，为阿洛西亚排练，为阿洛西亚洗衣，还有给阿洛西亚当出气筒。她让人忍无可忍，我有时候甚至想掐死她。既然她结了婚，她的丈夫也不得不和我们一起忍受她颐指气使的坏脾气。可怜的约瑟夫·朗格！

她出嫁之后，我们家就有了两间空房可供出租：一间是我可怜的爸爸留下的，另一间原先是阿洛西亚的闺房。

妈妈只愿意租给乐师或外国外交官，她对房客挑三拣四，他们必须手头宽裕，提前预付一个月房租。年轻的女仆不住在我家，她每晚回自己家，天还没亮就要出来上工。我母亲只要一发现东西少了，二话不说就辞退仆人。哪怕仆人饥肠辘辘，也不能吃我们吃剩的食物，不能在备膳室里偷舔舀蜂蜜的勺子，更不能喝光瓶底的酒渣。妈妈极度严苛，我常常对这些劳苦的可怜姑娘心怀同情。可是每一次，都会有一个新的小女仆代替原来的小女仆。我希望现在这个能待久一些……

她叫什么来着？对了！她的名字很稀奇：巴克琳娜。她声称这名字来自法国，是古怪的爷爷给她取的。

巴克琳娜没有泄露我写日记的秘密。我希望以她这么谨小慎微的个性能够在我们家做久一些。

1781年3月1日

姐夫约瑟夫·朗格常给我们带巧克力和苹果馅桂皮蛋卷来。我母亲品尝糕点时气派非凡，因为一盒

巧克力相当于一个女仆三天的薪水。他也是一个才华
横溢的艺术家，答应将来要为我画一幅肖像。我很喜
欢艺术家的性格，他们和其他人不一样。他们敏感
多思，有时候很难理解，但是他们使用的语言没有距
离：任何人都能欣赏他们的音乐、绘画和雕塑，从中
获得享受……一个人要是把生命都献给了艺术，那就
一定不是坏人！

1781年3月7日

现在只不过3月初，1781年似乎是我一生中最漫
长的一年。我卧床有多久了？五点天就黑了，却要到
八点才天亮。我们生活在凄凉的黑暗中。我有多久没
有由衷地开怀大笑了？谁知道大家还要忍受多久我的
阴郁神情和阵阵哀伤呢？

我亲爱的闺蜜，只有你，只有你让我忘却漫长

的无聊时光。我母亲很反感我半夜不睡觉，她锱铢必较，给我的蜡烛越来越少，我只能刮锅底的油，用棉线头做灯芯。有些夜里，我没力气悄悄起床，就没法收集用剩的油脂。于是我被困在黑暗中，没法给你写一个字。我甚至没法读一页祷告书。

要是眼泪可以当蜡烛用，我的眼泪足以照亮一整座剧院！

很快鸢尾花和扁桃树要开花了，贵妇人会收起她们的羊毛披肩，孩子会在死水潭边嬉戏。普拉特公园里游人如织。大家通常两两结伴而行，他们嬉笑玩乐，闹闹小别扭，品尝冰淇淋。我们美丽的公园里那些俏皮的褐松鼠成群结队出现，夫人们会丢给它们华夫饼碎屑，欢乐的场面仿佛近在眼前。

夜晚的思绪

我温柔的苏菲兴高采烈，因为时尚转了风向：今年流行外套在背上打褶，这种式样叫"空中之屁"！我猜这种名字肯定来自法国！我们总是追随巴黎的时尚。整个欧洲都在学巴黎人穿衣服，只不过我们奥地利人慢一拍：我们把法国人抛在脑后两年的衣服捡起来穿，还得意非凡！听说现在法国贵族流行装扮成农妇，喝羊奶来保持肌肤白皙。我母亲也喝大量羊奶。有个邻居向她保证，和肤色同理，羊奶能穿透珐琅质，亮白牙齿。我不明白妈妈要一口白牙有什么用，反正她对任何人都吝啬微笑！

1781年3月9日

　　萨尔茨堡的采邑总主教刚刚抵达维也纳，前来探望他病危的父亲。听说他身居高位，掌揽一整个教省的宗教事务，为人很高傲。

　　这意味着什么呢？

　　科洛雷多采邑总主教总是前呼后拥，随行的不仅有他的扈从，还有他专属的乐队！

　　这又意味着什么呢？

　　这就是说，我们很快能大饱耳福，享受精美绝伦的音乐会了！采邑总主教麾下会集了奥地利最优秀的乐师，所有名家都热衷于展示自己非凡的才华！我的姐妹们也期盼宗教人士来访，因为他们举办的音乐会常常是免费的！她们还暗中期盼能在音乐会上遇到单身的帅小伙。可对我来说，这意味着无人陪伴的漫漫长夜……

1781年3月20日

妈妈撞见我们善良的女仆在舔酒瓶塞，可怜的巴克琳娜跪下哀求也无济于事，当即就被解雇了。见鬼！我们又没有女仆了！这个可怜的姑娘很难找到下一份差事了，因为我母亲会口不择言，把她贬得一无是处。

今晚由约瑟法准备晚餐，因为我实在没法久站。妈妈命令她给我的金丝雀买蚂蚁卵，再买些白菜当我们的晚餐。小鸟必须证明它知道怎么靠自己打开笼门，才能一饱口福！这个训练方法太妙了！美味佳肴就是一个奖赏。先饿它一天，然后把一个装满蚂蚁卵的小盘子放在笼子前，静观其变。一开始，金丝雀探出头来，接着站到栖架上。最后，它努力把脑袋从笼子的栏杆里伸出去，想偷吃一些卵，可没想到卡住了脖子，发出绝望的哀鸣。这时候千万不能心软，要把盘子往笼子推近些。小鸟的聪明程度不一：比如燕子只能眼睁睁看着美食当前却活活饿死，红喉雀费尽力气啄咬栏杆。我的金丝雀一定会很快打开笼门，大快朵颐的。

1781年3月23日

盥洗室里没纸了。很少房子像我们家一样有"便所"，因为这个玩意刚刚发明，而且价格不菲。我母亲坚持要在家里建一个，以此来提高房租。进去时要经过一道藏在帘子后面的小门，可恶臭和四处乱撞的苍蝇让这地方欲盖弥彰！它看上去像一个挖了洞的王座，恭请入座。我母亲分发手纸也吝啬得像葛朗台似的，我的姐妹们只能到普拉特花园收集青苔，它是天然的手纸替代品。可惜啊，它也会把我们的屁股染成绿色，在我们的指甲里留下恶心的污垢。

曾有一个房客向我们断言，在法国，宫廷重臣在壁炉或门后解决需要，然后用地毯来擦拭！我们常常羡慕法国宫廷的庄重礼仪，以此来嘲笑奥地利略显粗野的风俗。可是个中曲折不足与外人道也，还是距离产生美啊！

1781年3月24日

我的金丝雀成功了！

它学会了打开笼门，迅速啄食奖赏给它的蚂蚁卵，然后立即钻回笼子，躲回小巢里。隐蔽在黑暗中的小巢里隐约传出它欢快的啾鸣。

1781年3月28日

站起来了？

是的！我终于能够站起来了！

或许还能走到房间最里面……是你，我亲爱的闺蜜，是你给了我力量。

只要再努力一下，我就能悄悄走到炉子旁，去吓约瑟法一跳。我们家的长走廊阴森森的，每天黄昏时分都是如此，树木的阴影在走廊的墙壁上跳舞，勾画出可怕的怪物形象。就这样了，我下定决心，站起身来，试着往前走几步，抓住家具……够住门把手……倚靠椅背……

我走到走廊中间，感到双腿软绵绵的。我发现约瑟法并非孤身一人，逆光里，有个陌生的人影在鞋垫上擦拭鞋底的尘土。这个陌生人是谁？新房客吗？真讨厌，在走廊里什么也看不见！房客的身形消瘦，气度不凡，但个子不高。我眯起眼睛想仔细分辨。一看到他的行李，我就明白了他是个乐师，他走向约瑟法时，乐谱都散落到了地上！乐谱上密密麻麻涂满了像苍蝇脚一样瘦骨嶙峋的音符，撒得遍地都是。陌生人叹了口气，弯腰去捡。这些谱子上潦草地签着有意思的名字："猪尾巴男爵""鼻子流血的弗朗索瓦"，还有

"特拉佐"。什么样的傻瓜才会乐此不疲地签这样的名字？我还是看不清逆光中的脸。我还得靠近一些。加油，康斯坦丝……可惜，我已经累坏了。我的双腿缴械投降，眼看就要瘫软在地……救命啊！我要摔倒了！

约瑟法冲过来扶住我，挥舞着小扇子给我扇风。

"猜猜谁想租我们的房子？"她一边扇风一边问我。

"我怎么会知道？"我没好气地回答，"走廊暗得和坟墓一样！"

"妈妈还没回来。"约瑟法的好心情丝毫不受影响，"但我想她会租给您最里面的那间。我很高兴再见到您！隔壁的房间现在住着一个雕刻师，他整天都给印刷厂主画图，他很安静。我们每晚七点用餐。您觉得这样如何，先生，您叫什么来着？"

约瑟法向来人投去会意的一瞥。

"特拉佐！"他语调庄严。

"啊，对！特拉佐。"我呆呆地重复。

姐姐和那人马上爆发出一阵大笑。他们乐不可支，笑声洪亮，那人拍着大腿，笑得停不下来。我涨红了脸，感到自己被排挤在他们的默契之外。我不喜欢被这样惹怒，忍不住辩驳道：

"先生，我在您的乐谱和我们的预约簿上看到的的确是这个名字！我看得清清楚楚，您签的是'特拉佐'。"

那人挺起身子，轻咳两声，拉了拉扑了白粉的蓬松假发，遮住双耳。

"瞧瞧，"他严肃地说，"我喜欢起外号。'特拉佐'是把我的姓倒过来写。您看，多有意思，我的名字倒过来写就变成格纳格弗洛，笑死人了！哈哈哈！格纳格弗洛！"

要是他再靠近一步，我就能看清他的脸了。

"请您走到明亮的地方来，先生，至少让我见见您。我会感激您这么彬彬有礼的。"

他走到昏黄的光线中……不！这不可能！

"沃尔夫冈·莫扎特！是您？"

他张开双臂，欢呼胜利，就像一个在广场上叫卖膏药的江湖郎中。

"正是在下！如假包换！"

他夸张地鞠躬致意，把帽子耍得团团转。

"愿为您效劳！顺带为我自己在维也纳找一处栖身之所，如果我的才艺能获得赏识的话。"

"真是个天大的惊喜！您打算在我们家常住吗?"

"那要观众说了算!"他咧开嘴笑了，"如您所知，我为萨尔茨堡的采邑总主教效力，可现在我离开了他那个闷死人的老鼠洞，他老是把我当仆人一样呼来喝去。没什么地方比维也纳更适合作曲家起步的了!"

约瑟法拉他去看他的新房间，把我一个人留在了备膳室里。我的双腿还在打战，但不是因为虚弱，不，这是一种我无法解释的单纯幸福。我听到她给他展示客厅里的钢琴，然后带他去了盥洗室。他们迟迟不回来，我都开始不耐烦了。

"多可惜啊，"莫扎特先生开玩笑说，"您的名字倒过来没办法念:'阿佩索基'。您妹妹的名字康斯坦丝倒过来变成'艾克纳兹诺克'，多么可怕啊!"

他们俩放声大笑着回到备膳室，莫扎特懒洋洋地跌坐到一把小椅子上。他一把扯下假发，狠狠地挠头皮。

"我再也受不了假发了！你们不觉得戴着这些个搽白粉的假发愚蠢得很吗？难道我自己脑袋上的头发长得不够好吗？就这么定了，我再也不戴了！"

他每说一句话，约瑟法都笑个不停。我从没见她这么快活过。

随后，莫扎特先生拿起他的皮包。

"如果您允许的话，我要去睡觉了。"

"可我们还没用过晚餐呢！"

"我太累了。"他打了个哈欠，"请原谅，两位小姐！祝你们有个愉快的夜晚！"

我们也回敬，祝愿他在我们家的第一晚顺心遂意。

"谢谢！"他说，"我预感我会很喜欢这里的！我的幸福人生从今天开始！"

他一边抓着头发一边沿走廊离开。他身上淡淡的香水味在空气中萦绕不去，我们都站在原地，静静地呼吸着他留下的气味。

1781年4月5日

我哭了大半夜。今天早上醒来时，我的眼睛肿成了大核桃，姐妹们差点以为我中了毒。我悄悄告诉苏菲："妈妈在我的人生中下了毒。"

妈妈催促我快点好起来，因为她要我来清扫房客的屋子，为他们准备三餐。我不得不接替那个被她赶走的小女仆！既然我相貌平平，嫁不出去，她就把家务活都分配给了我。我现在能够站上个几分钟而不觉得天旋地转，但身体仍然很虚弱，无法胜任肩上的重重苦役。在妈妈心里，我不是久病缠身，只是游手好闲，好吃懒做而已。

1781年4月7日

我们的两个房客天差地别：第一个（那个雕刻师）晚上常去小酒馆喝上两杯，半夜三更才跌跌撞撞、步履踉跄地回来。他用自己的画交换绸缎和印度布料。他送了一件大羊绒披肩给妈妈，甚至直呼她的闺名：赛西莉亚这个，赛西莉亚那个！我妈妈感到青春焕发，任由他用不值钱的小玩意来抵偿房租。第二个房客（莫扎特先生）很少上戏院或小酒馆。"晚上最适合我作曲，我需要安安静静的，不被打扰。"他还没有送过妈妈礼物，但是他答应写一首交响曲献给"他的韦伯家的夫人小姐们"。

夜晚

莫扎特先生太有意思了。他传授给我一种密码，这样一来，我写的东西就不怕让别人看到了。这种密码适合用在书信中，特别是用来发发牢骚，或损损什么人逗个乐之类。

它叫"malefisohu"，莫扎特全家都用它。

亲爱的闺蜜，有朝一日，我会用它来给你写一大段悄悄话，我们来看看怎么玩这个怪东西。我向你保证！

　　每到晚上，莫扎特就一直待在客厅的钢琴边，轻抚琴键。我们纷纷猜测他随性而至弹奏的是哪首名曲，真是乐趣无穷。他巨细靡遗地揭晓细节，让我们的音乐修养更上一层楼。出于一片好心，他提醒妈妈要给钢琴调音："韦伯夫人，我十分喜爱您这架乐器的音色，不仅舒缓柔和，还相当悠远持久。要是您请人来调调音，我们就能为您的朋友举行小型音乐会了。您赚取门票，我开拓人脉，一举两得！"

　　当他晚上即兴弹奏一些旋律时，整幢房子都洋溢着欢乐的气氛，大家不约而同地感到宁静喜悦。听他的音乐真是一种享受！那么愉悦身心，那么迷人动情。没错，沃尔夫冈·莫扎特的音乐带领我们的灵魂漫步在童话的花园中。

　　随着壁炉里的余烬渐渐熄灭，吊灯的火苗越来越微弱，他扯扯假发，拉正耳朵上的发卷，消失在墨一般的黑暗走廊中。他突然离我们而去，闭门写曲子去了。客厅立即回到了原来严厉的模样。妈妈对着我所在的位置抬起下巴，点一下头，示意我该消失在她眼前了。我退避到伸手不见五指的黑暗中，对她来说，为我浪费哪怕一滴蜡烛油照亮回房间的路，都是不可想象的。我踮着脚往回走。最后，我会在莫扎特先生的房门口驻足片刻：我在倾听他发出的声音，努力理解他的创作之谜。当别人问他是怎么想到那些音乐时，他乐滋滋地回答："比如旅行的时候，坐马车的时候，或者享用了一顿美食，像现在这样，还有散步的时候，夜里睡不着的时候，简直思如泉涌，灵感源源不断而来。有些旋律很不错，我先记在脑子里，一直轻声哼唱……我的灵魂就活跃起来，至少没人打扰我的时候会这样。这个念头渐渐成熟，我使它变得更丰富，于是一切都变得越来越清晰。这首乐曲几乎在我脑袋里成形，哪怕它很长，我也能在纷繁的思绪中一眼认出它来，就像看到一幅美轮美奂的画或一件精美的雕塑一样。我是说我能想象出所有乐器同时弹奏时的效果。这一刻无与伦比！我就好像在做一场梦，一场清醒的梦。但最妙的是同时听到乐器齐声奏响。"

今晚，您是否被您脑袋里音乐的魔力包围着？我仿佛看到您自得其乐，像在浴室里玩得正欢的孩子一样，旁观欣赏自己的辉煌才华。可惜啊！您无法与他人分享这一天赋。沃尔夫冈·莫扎特，快点写吧，让我们能够享受您的音乐才华带来的美妙时光！

清晨

昨天夜里我梦到过去和爸爸的一次长谈，是关于莫扎特的。

"爸爸，"我那时问道，"为什么您说莫扎特是一个音乐天才？"

爸爸把我揽在怀中，紧紧拥抱着我。

"我的女儿啊，三岁写出处女作，八岁写出奏鸣曲，十二岁完成第一部歌剧，十四岁进入博洛尼亚爱乐学院，这就叫天才。就说这最后一件事吧，你知道怎样才能得到这个珍贵罕见的荣誉吗?"

"不知道,但是我知道你会揭晓答案的!"

"想象一下,你要参加一个非常难的考试。参加考试的人被关在一个空房间里,只有一张小桌子和一把椅子。房间里没有可以凭栏远眺的窗户,因为应试者不能分心。在桌子上摆着一份卷子,上面写着考试的题目。沃尔夫冈看了看试卷,题目是写一部四声部的曲子。一个面无表情的仆人给他端来茶水和点心,然后就把他锁在了房间里。通常情况下,这门难于登天的考试会无休无止地持续下去……过几个小时,应试者就要吃点东西补充体力。"

爸爸仔细描述了那幅场景,好让我像小老鼠一样与应试者一起身临其境。

"猜猜看!"爸爸激动地说,"猜猜看莫扎特花了多久写出他的四声部乐曲?"

"嗯……一天?"

"噗!你可差得远呢。"

"那我就不知道了。只好随便猜了……嗯……一个星期?"

"三十分钟！没想到吧？你没听错。只花了微不足道的三十分钟就写出了一部杰作！完美至极！哈哈哈！其他人要花上几天时间冥思苦想，喝下好几罐汤，而莫扎特舔舔手指，就信手拈来，高奏凯旋之歌了！"

说这话时，爸爸直起身体，仿佛要把我推远，他定定地注视着我，宽容的目光中夹杂着一丝嗔怪。

"你现在相信他是个天才了吗？"

"我相信了，爸爸。这是不是说莫扎特先生从来不必钻研雕琢他的作品？"

"恰恰相反！"爸爸叫道，"恰恰相反！他为此做了大量工作，因为漫不经心地糟蹋上天赐予我们的天赋，是一种罪过。你想不想听我说一些不可思议的事？"

"求求你了！"

"在我身边坐好了，我可不想吵醒你妈妈，否则又是一顿好骂。博洛尼亚爱乐学院考试结束后，年轻的莫扎特动身去了罗马。他一到达就赶往西斯廷礼拜堂，去听一场独一无二的弥撒，这样的机会每年只有在圣周有：周三上午一场，周五一场。弥撒中演奏阿列格里的《求主垂怜》，严令禁止誊写听记。要是谁胆敢现场记录哪怕只是一小段，都会受到教皇克雷芒十四世的严厉惩罚。你大概猜到了，像沃尔夫冈·莫扎特那样的顽皮少年当然不会老老实实听话，他一听到这条禁令，就背靠西斯廷礼拜堂的一角，把这部用拉丁文吟诵的作品刻在了脑子里。演出大约进行了一刻钟，他回到房间后，把先前听到的曲子从头到尾默写到谱子上。等到周五第二次演奏时，他把乐谱藏在帽子里面。他发现自己一个音都没记错，乐呵呵地回了家。第二天，他在一群朋友面前重现了这支曲子，由一架羽管键琴伴奏。大家为这一天才之举大声喝彩，很快整个罗马都交口相传莫扎特创造了奇迹。几天之后，教皇也听说一个少年违反了禁令，在大庭广众面前演唱《求主垂怜》。"

"我的上帝啊！"我吓坏了，尖叫起来，双手捂住了嘴，"教皇把莫扎特扔进了监狱吗？"

"你猜呢？"

"我不知道……"

"克雷芒十四世……奖赏了他！沃尔夫冈·莫扎

特被授予'金马刺骑士'的称号！他那时才十四岁！1777年，莫扎特的爸爸请人给佩戴骑士勋章的他画了一幅肖像。现在，你明白我为什么遗憾你姐姐阿洛西亚没有选他做丈夫了吧。"

"她太愚蠢了！"我感叹道，"要是换作我，绝不会把他推开。他这样的未婚夫简直是上天的恩赐！"

哦，亲爱的沃尔夫冈！今晚我站在你门前却什么也听不到。你的天才无法穿过墙壁……我爸爸已经去世一年了，阿洛西亚也嫁为人妇……自从你回到我们身边后，我快乐了很多。

妈妈给你的火烛足够你熬夜写曲子吗？

管他呢！你不会在乎房东太太的锱铢必较的，因为你无须眼睛，可以在脑海里谱写乐章。天才不会畏惧黑暗！

1781年4月12日

我们那一根筋的医生建议调整药方，让我尽快痊愈：他去掉了荨麻茶和牛粪。我还以为摆脱了他那些恶心的治疗。谁知没有最坏，只有更坏！

现在我的肚子上敷着滚烫的牛羊下水制成的糊剂，还好只是在夜里。这让妈妈勃然大怒，因为牛肠很贵，我也被这些气味难闻的下水熏得直犯恶心。我时常惊醒，而且稍有声响就难以入眠。

❀

1781年4月19日

我们张罗了一个晚会，向莫扎特先生在维也纳新结识的朋友致以敬意，他希望让一些贵人老爷聆听他的音乐。妈妈指望为苏菲或约瑟法相中几个钱包鼓鼓的单身贵族。宾客将在七点左右到我们家。我们还得把常春藤的枝干编成花环，把银烛台上残留的蜡烛油刮干净。我们擦干净了装肉的大盘子，白色的餐布也熨烫得整洁如新。有些餐具是租来的，因为我们没有那么多刀和汤匙招待客人。盘子里已经摆好了牡蛎、熏牛舌、芦笋和煮香肠。五十瓶法国红酒打开了瓶盖，等待第一批饕客。妈妈为了这个前途无量的夜晚花了一年的餐饮预算。受雇半天的仆人们在酒桌餐台周围忙碌，妈妈一刻不放松地监视着他们的一举一动。

"别动坏脑筋！"只要有人在酒瓶旁待久了，她就大呼小叫，"快去厨房，都给我干起活来！别想偷懒！"

我完全想不出来怎么让维也纳一半的富商挤进我们家的小客厅……

亲爱的闺蜜！我多么想和大家一样有一件晚礼服啊！

我的姐妹们都精心打扮，穿上了最雅致的衣服：约瑟法一身冰蓝，衣领低开，上衣袖子绣着银色和白色的花边，看上去像个胖胖的仙女。苏菲包裹在一件波斯丝裙里，那上面镶有生丝和网状粉色棉线。她们都模仿法国女人，把头发高高地撑起来，用丝带穿插于发缕之间。约瑟法用煮熟的米饭填在蛀牙的黑洞里，因此不能多说话，否则米饭就会在口水中溶解，发出恶心的臭味来。我的姐妹们对妈妈言听计从：

“要笑不露齿，用眉目传情。”

我听到窗户后面的广场上传来了马蹄声，我试着辨认马车车门上刻着的盾形纹章。妈妈希望会有很多贵族到访，可是那些大老爷根本不屑与平民或假冒的男爵为伍。

妈妈在走廊里迎接宾客，举止十分庄重，我从来没见过她这么殷勤。她的上衣太紧，卡住了上半身，所以只能断断续续地呼吸，她做作地伸出手去，让先生们行吻手礼。我很欣赏吻手礼这种传统礼节。我迫不及待地渴望有一天我也能体会这种触摸，它会带来什么样的感觉？可是单身女孩是不能接受吻手礼的……要是我一直嫁不出去（就像妈妈断言的那样），我就永远不知道这种毕恭毕敬的触摸是什么滋味了……

今晚的宾客中女人很少，因为今晚的目的是寻找音乐赞助人和韦伯家的女婿。卖弄风情的女人和富可敌国的寡妇可不受欢迎！一些风度翩翩的先生身穿节日盛装，正在对长辈或头衔更高的人弯腰行礼。

然而，有一位优雅的女士凭借惊心动魄的美貌鹤立鸡群：在她高高耸起的发髻里，竟然藏着一对活生生的橙色小鹦鹉！

"这个脑袋上有小鸟的疯婆子是什么人？"妈妈在约瑟法的耳边悄声问道。

"她是瓦尔德施泰登男爵夫人。"我姐姐回答，"听说她对艺术十分热衷，而且家财万贯……"

"啊呀呀！这就不一样了……"

妈妈得知我们的屋檐下真的迎来了一位名副其实的贵族，激动得浑身颤抖。她靠近男爵夫人，将颤抖的手伸向她的发髻。

"头发里的鹦鹉，真是太迷人了！"妈妈违心地惊呼，"它们对人亲近吗？"

"可不是！"男爵夫人感叹道，"它们就喜欢被人挠痒痒，这可是我的小保镖啊。"

瓦尔德施泰登男爵夫人的口音逗人发笑。她和丈夫两地分居，尽情享受一切自然赋予她的乐趣：她独自去看戏，输钱时就大口喝啤酒，还会穿着晨袍在房间里会客。在维也纳，一个女人这样肆无忌惮，就会变得骇人听闻，众叛亲离。可是男爵夫人坐拥金山银山，所以没人敢指摘她的生活方式！我走近她，想仔细欣赏她脑袋上停着的两只漂亮小鸟。她微微低下头：两只鸟发出刺耳的尖叫。

"走远点！"妈妈咬牙切齿地说，"你把它们吓坏了。"

我回到自己的房间继续写日记。现在小提琴的音乐奏起，渐渐地，旋律响彻整个公寓，我认出了莫扎特先生的钢琴声。我不用看，也知道他所有的习惯性动作：我知道他开始演奏前会把手指弄得咔咔响，然后挠挠脑袋，才会奏响第一拍音符。

难得客厅装点得灯火通明，难得我们招待这么多显贵的宾客，可惜我却不能待在那里！

1781年4月21日

现在我多么希望能快点好起来……这样就能经常遇见他了！

哦！他那双蓝得像勿忘我一样的眼睛，多么温柔多情……还有他的声音！简直如一双大手一样，抚慰我的心灵……

亲爱的闺蜜，你是唯一一个洞悉我秘密的人，可是我很有信心你是不会出卖我的。

你一定猜出来了：我恋爱了！

1781年4月22日

这两天，我终于能够离开床，起身一整天了！妈妈表现得很慷慨：她命人每天都给我更换牛羊下水糊剂，然后扔去喂狗。可是我们根本就没有狗。

"学法国人那样，给我扔得远远的！"妈妈下令。

仆人就从窗口把牛羊下水扔了出去，也不看看楼下是不是有人经过！法国人的风俗比我们豪放多了！

1781年4月27日

莫扎特先生前天在城里举行了一场音乐会。我的姐妹们说所有贵族老爷争相买票观看，还声嘶力竭地喝彩："太棒了！棒极了！"报纸上预测沃尔夫冈·莫扎特很有可能成为维也纳乐坛的"新一代小狂人"，因为他的音乐雅俗共赏。

我真为他高兴！

妈妈宣布，我现在身体恢复得差不多了，应该承担所有家务活。

"你去收拾莫扎特的那堆烂摊子。"她给我分派任务，"当心别弄乱乐谱的顺序，要不然就别管乐谱了。把垃圾扫扫干净，再换一下床单。"

亲爱的闺蜜！

我踏进他房间的时候心潮澎湃，简直无法用语言向你形容。我第一眼注意到的东西，就是他那只褐色的大皮包和揉成一团的衬衣。他是一个很没有条理的人！乐谱散落在四处，有的堆在桌子上，有的掉在椅子上。蜡烛油弄脏了漂亮的书籍。

他在读什么？看上去他对荷马很感兴趣，我还看到三本数学著作和一本厚厚的莎士比亚。第二堆书被用来垫床头柜的瘸腿，都是些法文和德文书：卢梭和伏尔泰堆在歌德的《少年维特的烦恼》之上。其中还夹杂着很多其他作曲家写的曲谱，看来莫扎特先生也会细细审视其他艺术家的作品。天才音乐家会嫉妒彼此吗？还是相反，他们碰面时会相互祝贺？我们的莫扎特先生经常听他对手的曲子，可是他似乎不嫉妒任何人。他是否对自己信心满满，丝毫不惧怕任何比较呢？

1781年5月9日

今晚，我惊讶地发现有人动了我的祷告书。我明明把它放在我的床头柜上的。我敢肯定，因为今天早上梳头前，我把一些圣像图夹在了书页里。

我的书怎么会移动了位置呢？它怎么会来到我的窗台上？我不可能把它放得那么远，这样一来我不得不起床才能拿到它。

真是让我大吃一惊！夹在书里的圣像图也换了位置，还有什么？有人竟然在上面留了言！

有人把这本小书里的所有图片都搞乱了，他

还自作主张在每张图后面都写了字。康斯坦丝，这人就是那个谁谁谁，不是吗？他只留下了其中一张图片，因为他知道你肯定还有备份，所以希望你送给他做个纪念。可是到底是谁这么自说自话呢？

特拉佐。

他希望从谁那里收到回音呢？

艾克纳兹诺克。

别那么虔诚。晚安。

亲爱的闺蜜，只有你才能明白今夜将多么美好！

❀

1781年5月10日

约瑟法今天早上很闹腾。

"莫扎特先生卧床不起，他被高烧击垮了！快来，康斯坦丝，我们得照顾他！"

我们走进他那个阴暗的房间，房里的每样东西都像在发烧，凄惨不堪。他躺在沙发里，右手垂在地毯上，窗帘拉了一半，房间里隐隐透出黄色的柔光。

我们听到他轻轻的呼吸声。

"我的上帝啊！"我喃喃道，"你知道他怎么会发烧吗？给他喝你的汤前，必须弄清楚他得了什么病！"

约瑟法转身对我低语："我听说萨尔茨堡的采邑总主教羞辱了他，他们吵得不可开交。"

"可是约瑟法，没人和总主教吵架！没人敢顶撞他们！"

"可他敢！"我的姐姐心花怒放，"但他也因此病倒了。听说厨师长在我们可怜的莫扎特屁股上踢了一脚，把他赶了出来！"

我们就这么呆呆地立在他面前，不敢动弹。约瑟法加重了语气："你懂了吧？"

"啊，我懂了！真可怕！"阵阵同情涌上我的心头，"你觉得他还疼吗？"

"你真傻。屁股上挨了一脚，只会让自尊心受伤。

可是对艺术家来说，这可不是小事，说不定会摧毁他们的灵感。"

她理了理头发，换了一副同谋的语气对我说：

"所以他需要一个缪斯……"

"缪斯？缪斯是什么？"

"就是一个顾问，她照顾艺术家，鼓励他创作。"

"啊！我明白了，就像一个守护天使。"

"嗯……也可以这么说。"

随后，约瑟法俯下身去，轻声说："沃尔夫冈……沃尔夫冈你听到我说话了吗？"

她竟然叫他的名字！她怎么敢这么做？听上去多亲密啊！这个年轻姑娘真是胆大包天！

莫扎特先生睁开了眼睛。

他直起身来。我叠起了枕头，给他垫脖子，然后把被子拉到他的胸口，他身体烫极了，随着细细的呼吸微微起伏。

约瑟法把热汤递给他，一举一动媚态十足，我都看不下去了。可惜你没有看到啊，亲爱的闺蜜！她真是俗不可耐……她为什么要在他面前扭动身体呢？这些撒娇卖俏的动作到底算什么?

接着,约瑟法回到客厅,拨旺壁炉的火,我单独留在他房间里陪着他。我祈祷她永远都别回来……哦!我多么希望能和他单独在一起,哪怕只有一小会儿!可是我不知道眼睛该往哪里放。我大概看上去像只小火鸡。我小鹿乱撞的样子是不是一目了然?我等着莫扎特先生喝完汤,可是我不希望在他面前干瞪眼,我理了理他的窗帘,给书桌上的玫瑰换了水。这时我(在一张乐谱下面)看到了一封信,是写给他爸爸的。他会许多法文词,还把它们用在信里。

亲爱的爸爸:

我还是气得发疯!……采邑总主教让我去见鬼。在他眼里,我就是虱子、无赖、蠢货。哦!我无法一一罗列。我承受了所有的一切!我把行李都收到手提箱里。我告退时说:"这样最好,您明天就会收到我正式提交的辞职信……"

老韦伯夫人好心肠地让我继续住在她家。我住着一间漂亮的小房间,我身边的人都很热心,对我关怀备至、百依百顺。

……

我再也不要听任何来自萨尔茨堡的消息了。我痛恨采邑总主教，恨得咬牙切齿。再见。

莫扎特　1781 年 5 月 9 日

哦！闺蜜啊，我给你写这些话的时候也气得发疯。我不能忍受我姐姐成为莫扎特先生的"缪斯"，更不能忍受她直呼他的名字。她指望从中获得什么呢？我在房间里烦恼得团团转，一直在想要不要去找她谈谈。可是我太害怕了。她会以为我疯了，或者更糟糕：她会明白我在吃醋！

1781年5月15日

妈妈让我给房客洗衣服。在"上帝之眼"，我们每年洗两次衣服。春天天气晴朗，所以我们趁着这一星期洗了很多衣服。所有的年轻姑娘都会聚集到多瑙河畔，围在一块平整的大石头旁。我们跪在一大堆衣服床单前洗刷。冰冷的河水冻得我们手都麻了。我们说说笑笑。听说巴黎人在他们喝水的塞纳河里洗衣服，而且那条河臭气熏天，哪怕喝上一小口，也不得不用醋来除臭！

每年我们都相约做同样的蠢事：爬到墙头瞅瞅皇宫里新来的男仆，节衣缩食省下钱来购买梦寐以求的饰带，最后还要追打在我们洗干净的床单上拉屎的捣蛋乌鸦。我们在洗衣台旁重聚时，才发现没人在赶乌鸦了，然后又笑出了眼泪。谁会猜到今年，我连一点找维也纳单身汉寻开心的心思都没有呢？我现在一门心思专注于我这一辈子最重大的任务：清洗莫扎特先生的衣服！他那袖子镶花边的衬衣，他的裤子，还有他的绣花背心……

哦！我无法向你形容我有多么幸福！但是要为我保守秘密！一个字都不能透露……

我在洗衣服的时候，约瑟法像一只猫妈妈一样照顾我们的病人。我们俩究竟谁比较幸运呢？洗衣台周围的水太脏了，我只能等待新一波清澈的河水流到洗衣槽边。接着，天色转暗，就该回家了，可我连一半都没洗完。我承认！我花在摩挲他衣服上的时间远远超过清洗的时间，我披上他的衬衣，让自己沉浸在他温柔的气味中。我还穿上了他的背心，仿佛他紧紧依偎着我。其他姑娘以为我只不过扮男装逗她们开心，都开怀大笑。但这只是一个借口！感觉到他的外套轻抚我的肩膀，就好像被他拥抱在怀里。我的上帝！我承认，他的袖子摩擦我皮肤时，我简直就像依偎着他！一念及此，我不由得害羞起来。

他的衣领散发出古龙香水的味道，袖子有烟枪的气味，仔细嗅嗅裤脚，可以闻到马匹和城市尘埃的味道。他是多么优雅，多么亲切，多么……

他无所不是！

亲爱的闺蜜，我都能向你背出他的衣柜里有什么，我只看了一眼，就全都记在了心里！

他的脚踝可能被鞋子的金属套环擦伤了，因为袜子上沾着一点血迹，我把袜子放在冷水里冲洗。

一个作曲家自然应该穿着时尚，仪表整洁！谁会拜托一个衣衫褴褛的人写交响曲呢？

1781年5月16日

昨天莫扎特先生没有吃晚饭，他几乎睡了十二个钟头，等到我进房间往衣柜里摆放已经洗干净的衣物时，他才醒来。他睡觉的时候脱下了假发，我注意到他的左耳有些异样，非常光滑。简直可以说是……怎么说呢？有点畸形！对，就是畸形！我现在明白为什么他老是拉扯假发了……可怜的莫扎特先生！他在用假发掩盖耳朵的缺陷！

"约瑟法，你发现没有，莫扎特先生有一只耳朵是畸形的？"

"去你的！你真是胡说八道！作曲家的耳朵都是完美无缺的。要这么说来，聋子还能当作曲家呢！"

约瑟法一听别人说起他就火冒三丈，而且语气娇嗔。

我也是，我也开始梳妆打扮，苏菲把她的薄纱和细花边项链都送给了我，我重新取出了我那条镶黄边的蓝裙子，苏菲一直说这样打扮最衬我了。

可是这么多心思都白费了！我们好心肠的房客始终高烧不退，从来不曾注意到我。不是我自夸，我还是有可取之处的。的确，我不是美若天仙，可是在我们这个时代，长得美已经不流行了，现在大家都更喜欢有个性的脸蛋。对完美的定义也发生了变化：女人要有一张小嘴、一双大眼睛和白白的皮肤。我却正好相反：我皮肤偏褐色，一双黑眼睛很小，还有一张大嘴。我一想到自己其貌不扬，就心灰意冷，妈妈却在打别的主意：等到我成了老姑娘，被重担和风湿折磨得弯腰驼背，就不得不留在她身边照料她的痛风病，忍受她的喋喋不休。

今晚，约瑟法和妈妈去看戏，我猜想她们也会带苏菲去，毕竟她总是梦想上台朗诵荷马和莎士比亚的名作。只有我一个人留在家里，因为票卖完了，反正妈妈是这么说的……

维也纳的娱乐节目很丰富：每晚都有音乐会和表演！去年有一度中断了这个传统，因为1780年11月29日，我们的女皇玛丽亚·特蕾莎驾崩了。我们原以为玛丽·安托瓦内特会赶来和我们一同为她了不起的

妈妈与世长辞而掬一把眼泪，可没想到她以法国王后
自居，没有挪窝……听说她现在为粘纸小剧场和凡尔
赛宫花园忙得团团转……

1781年5月19日

　　莫扎特先生的病好了！

　　他终于从恶魔般的高烧中痊愈了。我今天上午
在教堂遇见了他，他就跪在我身边。我听到他在喃喃
祈祷，随后我也听到了自己猛烈的心跳。昨晚弥撒出
来，我们聊了几句。

　　"我祝您今天愉快，莫扎特先生。"我柔声说道。

　　"求你了，叫我沃尔夫冈或猪仔吧，要不然就叫
我猪尾巴男爵。我不想和你这样见外。"

　　我们回家的路上又聊了一小会儿。苏菲故意落在
我们后面，好让我们独处，可是在维也纳，一个年轻

姑娘和同龄男子单独散步是要被人说闲话的。大家都会争相诋毁：女孩的家族马上就被玷污了，年轻男人不得不娶她过门。这些陈规陋习让我心事重重。

"沃尔夫冈……要是你不介意的话，我想问你一个问题。"

"请问吧。"

"为什么你不向你的雇主科洛雷多采邑总主教请几个月假呢？"

他一下子停住了脚步，睁大了双眼，好像一个吃惊的孩子。

"请假？多么奇怪的想法啊！上一个向他要求请假的人被扔进了监狱。是的！胆敢祈求休息几天就得坐牢。康斯坦丝，你希望我进监狱吗？"

"当然不！"

"就是嘛！"他叹了口气，"伟大非凡的音乐家，神一般的约翰-塞巴斯蒂安·巴赫曾经向他的雇主请求休息几天。他没有得到回音，就又试了一次，结果，啪！被扔进了监狱。你想想这对大作曲家来说是何等的羞辱啊？不，你怎么会……"

沃尔夫冈把我想得这么无知，让我很生气。

"啊！我很清楚地知道约翰-塞巴斯蒂安·巴赫是谁。"我回答，"他是个大作曲家。我爸爸很喜欢他的音乐，尤其是他写的赋格。"

他看上去有点惊讶，随后我们继续往家走。

"很好。"他轻声说，"这么说来，你听过巴赫的赋格了？真奇怪，康斯坦丝，因为……我爸爸和马蒂尼老师教了我所有的音乐。哪天你要给我看看你亲爱的爸爸收藏的乐谱。"

亲爱的闺蜜，我只对你承认，我不敢和沃尔夫冈说太多话。因为我总是害怕会说蠢话，而且我也不总是明白他对我解释的话。

"你知道数学和音乐的联系吗？"他非常严肃地问我。

他怎么会以为我对这古里古怪的东西有什么意见呢？

"我为数学而疯狂！"他微笑着继续说下去，"我记得我很小的时候，有一天，我父母大发雷霆，因为我用粉笔在家具、墙壁，甚至地板上写满了算术式！

我太喜欢数学了，这玩意很神秘。对了，为什么有些计算是无穷尽的？"

"我不知道，先生。"

"啊，不！"他高声叫道，"你应该叫我沃尔夫冈或猪仔。话说回来，无穷尽的算式我也不了解。听上去让人热血沸腾吧？"

"嗯……激动人心！"

我对数学一窍不通，接下来的路程只好在一片寂静中走完。我的心幸福得都快要爆炸了。我一开口肯定会露馅的，年轻姑娘一脸红，心事就大白于天下了。

我们来到家门前，他笑着对我窃窃私语："康斯坦丝，你的名字太长了！我决定以后叫你斯坦琦，可以吗？"

"我不知道。妈妈会怎么说？"

"我打赌你妈妈喜欢斯坦琦多于康康！我们进门吧！别忘了：你要多和我聊聊巴赫的赋格！"

"我？可是……您看，先生，我没办法……"

"吧唧吧唧！"

"说真的，我向您发誓……"

"进去吧，斯坦琦，我都要饿死了！"

1781年5月26日

我幸福极了！我想到处写这个漂亮的名字：沃尔夫冈！我还要在大街小巷都喊他的名字：沃尔夫冈！我会爬上屋顶，让全城都听到我幸福的呼喊：沃尔夫冈！沃尔夫冈！

1781年5月28日

我们刚到维也纳的时候，我常常幻想这里的大宅子里面是什么样的。哦！我很清楚我永远不可能住在这样的房子里！但是我钟爱想象自己是整整一层楼的女主人，我的仆人争相逗我开心。

在维也纳，一个人的身份和处境体现在他居住的楼层上。普通人总是住在四楼，与学校老师和乐师为邻。我向自己发誓永远不要住在阁楼或屋顶仓库里，在那里，洗衣妇、女裁缝和仆人的争吵声总是不绝于耳。

一些高档富裕街区的道路上铺着光滑的石板。其他街巷却尘埃弥漫，泥浆四溅。

亲爱的闺蜜，我们到底属于哪类维也纳人呢？

◎

1781年6月1日

我是阿姨了！

我的姐姐阿洛西亚刚刚生下小安娜·萨宾娜。妈妈和我们三姐妹都来到她床边。孩子真的只有一点点大，简直像一个小侏儒。她高声哭喊，小小的拳头攥得紧紧的，要从妈妈那里夺回从她嘴边溜走的乳房。在找到奶水鼓胀的奶妈前，只能用汤匙喂糖水给她。我们的妈妈示范了怎样给孩子裹襁褓，小婴儿被扎好后，活像一只小乳猪。

沃尔夫冈为我姐姐写了一首摇篮曲。我看他在短短几分钟里就写出了这首美妙的旋律，亲眼见证了他的天才。他真是思如泉涌！他在自己的房间里、客厅里来回踱步，双脚脚跟相互敲击，甚至在洗去手上的墨渍时，他也不消停，差点打翻了一整罐水。他拿起毛巾扭绞，擦擦鼻子下方，但他全身心沉浸在自己的想法里，看上去浑然不觉，不知道这样一来嘴巴就做了一个可笑的怪腔。

他的摇篮曲非常成功。我认为沃尔夫冈真的是我认识的人中最最善良的，他从未对阿洛西亚心存芥蒂。然而我们也很明白，他不再想听到关于她的歌唱家生涯、她的丈夫，还有她生孩子的谈话。可是，不！这个男人心地太善良，竟然让我们（苏菲和我）转告阿洛西亚一条如何哼唱这首摇篮曲的小建议。

我姐姐的反应让我很失望，她完全无动于衷。她连这个漂亮礼物的一个音符都没看，和那年圣诞节他送给她《色萨利人》时一模一样！

唉，有些男人就是像飞蛾扑火一样，争相要牺牲在这样的滚滚车轮之下啊！

1781年6月10日

亲爱的闺蜜，我暂时离开你是为了趁着沃尔夫冈不在家，攻占他的房间。我在为他整理杂物。

但这只是一个借口。

我喜欢故意拖延不走，摩挲他的书，排齐他的乐谱，为他穿脏的衣服掸掸灰。他真是不拘小节。昨天，我还在他床上找到了一整首奏鸣曲的乐谱。

这个星期，他在读拉丁文写的《哀怨集》，奥维德的书可不好读，我从来没读过。妈妈觉得没必要让女孩子见识广阔，她们只要漂亮、温柔、傻乎乎的，就是娶她们的人的天大福气了。

"没人指望女人聪明。"她常常这么说，"再说了，男人会觉得那些思想太复杂的妻子很无趣，然后就休了她们！"

我不同意妈妈的看法。我渴望受教育，我想明白整个世界的秘密。我想了解地理学的美妙之处，品尝诗歌带来的激情。一个杰出的男人怎么能容忍一个傻子陪伴他一辈子呢？

"不过你不一样，"妈妈扶正了自己的帽子，"你会当一辈子老姑娘！"

我刚刚有了一个特大发现！在沃尔夫冈的房间里，我看到一本厚厚的莫里哀剧作集，上面写着："送给我亲爱的沃尔夫冈·莫扎特，纪念我们的友谊。"下面还有我爸爸的签名：弗里多林·韦伯，1777 年。

那年我十五岁。那时我姐姐还没有在她的崇拜者面前羞辱他。有时候，我会猜想他是否真的忘记了曾经爱过她，或者他仍然深受其苦……

❀

1781年6月23日

所有富人都举家离开维也纳到乡间避暑去了。我们家还留在城里。我们没那么多钱出城，再说我们也没有乡间别墅。没人会来邀请我们，贵族从来不和我们这些平民百姓来往。他们雇用我们、蒙骗我们、嘲笑我们，但从来不会邀请我们！

音乐厅里观众寥寥，商人们开始忧心忡忡。夏天，当王公贵族乘坐四轮马车绝尘而去时，维也纳简直像沉没在了烟尘中，变成了一座死城。裁缝眼睁睁看着布料被虫蛀烂，啤酒店老板为走了气的酒桶心痛，糕点师找不到人推销甜点，乐师在空空如也的演奏厅里表演，饿得两眼发昏。沃尔夫冈还是招到了一个学生，能够在这些富人老爷从乡下回城前聊以糊口。他的学生是伦贝克伯爵夫人。

既然其他名媛贵胄都到各自的避暑山庄去消夏了，一个伯爵夫人留在维也纳干什么呢？

她上十二节课，学费是六个杜卡托。她刮擦琴键时莫扎特感到很无聊，我也感同身受。她弹得太难听了！沃尔夫冈拉小提琴为她伴奏。他一定饱受折磨！

这位伯爵夫人相貌不凡，教养很好，也和蔼可亲，她一直面带微笑，看上去有点傻傻的。她对每个人都微笑：她丈夫的猎狗、仆人，在经过镜子看到自己的影子时，她甚至还对家具微笑。

"我也要动身去乡下了。"一天上午她宣布道，仍然面带微笑，"我三周后回来。"

后来，沃尔夫冈整天都闷闷不乐。他失去了在夏末前赚到钱的最后一线希望。我在炉子前忙活，给他做他喜欢的炖牛肺牛心。他非常喜欢这道把牛肺浸在酸味调料汁里的菜。我们的第一个房客对我说，法国人从来不吃牛肺，而是扔给城堡厨房里的流浪猫吃。沃尔夫冈告诉我，他住在巴黎的时候，还尝过用黄油和大蒜煮的鼻涕虫，或者蜗牛，我记不清了。反正两者都黏糊糊的，都一样恶心。

我妈妈会同意推迟一阵子，等到有钱人回来再收沃尔夫冈的房租吗？我多希望可以用我的厨艺来安慰一下沃尔夫冈……

"莫扎特，别把我家当作救济所！"她咕哝道，"不管怎么样，我9月前一定要收到钱！"

我们一起吃晚餐时，约瑟法满面红光，在我看来，她有点高兴过头了。

沃尔夫冈在妈妈和姐妹们面前赞扬我厨艺了得，

饭后他和约瑟法去打桌球。他们俩笑得很大声，甚至用球棒互相追打，还像孩子一样用滑石弄花对方的鼻子。

他会不会更倾心于约瑟法呢？

1781年6月25日

我整晚都没有睡着，我一直被沃尔夫冈和约瑟法的笑声折磨得合不了眼。他们一见面就会嬉笑玩闹。她动不动就大笑，而且他热衷于取悦观众，会加倍卖力地模仿喂马男仆放屁和醉汉打饱嗝。他们玩起了谐音游戏：先在一些小纸片上写下信手拈来的词语，然后抽签，用这些词语来押韵。他们笑得直拍大腿，可以玩上好几个小时。

"我们开始吧，你先来，约瑟法。我们来看看你怎么押'曲子'和'艺术'这两个词的韵？"

"这个简单！'曲子'和'老不死'正好是一对，"她高兴得满眼放光，"至于你的'艺术'嘛，我想想，嗯，'衣橱'！轮到你了。就以这些词为主题写一首歌！"

一阵嬉闹后，他们会花上很长时间一起弹琴唱

81

歌。沃尔夫冈撩起燕尾服的后摆，坐在琴凳上，大幅度地甩手腕，活动关节（这时我姐姐总会恬不知耻地放声大笑），然后仿佛开玩笑似的按下第一串音符。约瑟法立即认出了旋律，开始哼唱她最心爱的曲调。有几天晚上，乐谱上的墨水都还没干透，她就兴冲冲地抢先唱起来。我恨不得扯下她的舌头。

"Warum o Liebe[①]，为什么，哦，我的爱人。"沃尔夫冈特意为她写了这支曲子？还有四首他刚刚动笔的奏鸣曲也是送给她的吗？我的姐姐难道已经摇身一变，成为他的同路人了吗？

我简直气得发疯。

1781年7月初

贵族老爷们还在草木森森的乡下迟迟未归。我们

———————

① 译注：德文，为什么，哦，我的爱人。

这些留守在维也纳的人都快被无聊和炎热闷死了。沃尔夫冈没有收到任何他学生伦贝克伯爵夫人的音讯。他那么高傲，不愿意向朋友伸手借钱！至于写信向他父亲求援，我觉得也根本没得商量！

深夜

有个名叫戈特利布·斯泰法尼的人委托沃尔夫冈创作一出歌剧。这是来自皇帝的命令！终于有人委托他写歌剧了！这位斯泰法尼先生来宣布这个消息，但是他害怕莫扎特会拒绝。哦不！沃尔夫冈大喜过望："我们已经是老朋友了，我很高兴能为您效劳！"

我妈妈会同意庆祝一下这个大好消息吗？

我敢肯定她会同意的！妈妈已经把拖延的房租算了又算，也想好了要求得到什么补偿：巧克力和免费的剧院门票。

1781年7月30日

沃尔夫冈为他的歌剧写满了整页整页的音符。标题已经定下来了:《后宫诱逃》。这个故事发生在土耳其,在国王帕夏的皇宫里:一对出海的未婚夫妻在遭到海盗袭击后失散了,女人被当作奴隶卖给了赛林姆帕夏。帕夏爱上了她,想要娶她为妻,并且不惜违反当地习俗,只钟情于她一人。可是这姑娘拒绝了求婚,因为她期盼着有一天重获自由。正在此时,她的未婚夫贝尔蒙特假扮成一个著名建筑师,混入了皇宫……

我们全家人都为沃尔夫冈未来的歌剧作品激动不已!妈妈已经请裁缝做了一条新裙子,约瑟法在学怎么用复杂的蝴蝶结绑住头发。当然,我是不用参与这一切的……

1781年7月31日

沃尔夫冈已经写完了歌剧第一幕最后一首三重

唱，以及贝尔蒙特的第一首咏叹调。他惴惴不安，因为有个爱嚼舌根的人告诉他宫廷里的乐师都费尽心机想让他的歌剧一败涂地。他们中最危险、最冥顽不灵的那个叫安东尼奥·萨列里。他妒忌心很重。皇帝雇用的所有作曲家都是意大利人，他们通常写意大利语演唱的歌剧。可是这一次，约瑟夫二世命令一个新作曲家来写一首用德语演唱的歌剧。这样的恩宠只会引来熊熊的怒火和复仇的欲望！

夜晚，上床睡觉前

沃尔夫冈让我们坐在客厅里，弹琴来唱给我们听。他的脸都紧张得扭曲了，迫不及待地想知道我们的第一印象。

"约瑟法！"他问道，"约瑟法在哪儿？我需要她来饰演我的伙伴。"

约瑟法煞有介事地走上前去,她脑袋上扎了一个硕大的发髻,用缎带和花朵堆得高高的,连客厅的门都进不了。她不得不弯腰俯身,差点把向前倾倒的发髻给弄散了。要我看,她简直以为自己站在舞台中央!

"啊,你终于出现了!"沃尔夫冈大概是习惯了艺术家的疯狂行径,仿佛什么都没有注意到,大声叫道,"缺了你这个亲爱的伙伴,我绝不会开始!我们瞧瞧……你就站在这儿吧。"

我姐姐骄傲得都快飘上天了,看上去像一只穿戴整齐的气球。苏菲"扑哧"一声笑了出来。

"你们就尽情嘲笑我吧。"约瑟法嘟囔道,"一群蠢货,这可是法国现在最流行的发型,脑袋上要绑得高高的,起码要占侧影的三分之二!"

沃尔夫冈用他那粗大的指环敲打银烛台,请大家安静下来。

"这只不过是一场试演。"他说,"所以如有不足之处,敬请见谅。贝尔蒙特的角色应该由男高音来担任,所以由我来唱,因为我就是男高音!啊!啊!啊!"

妈妈还没听完就鼓起掌来，凡是能让她赚钱的作品，她都不会吝惜赞美。约瑟法深吸一口气，一下子变大了三倍，苏菲用手肘撞撞我，我们都坐在美丽的黄缎长凳上。

第一串和弦在客厅的墙壁间回荡起来。沃尔夫冈唱道：

> 我在此处看到你。
> 康斯坦丝，你是我的幸福，
> 哦，上天，听听我的祈求，
> 让我心复归平静。

妈妈一听到这几句歌词，像暴怒的魔鬼一样转过头来，瞪大了双眼，一言不发地盯着我。我感到血液上涌，从头发一直红到了脚指头。

地板在脚下颤抖。我真想立即消失不见。苏菲强忍住笑。

现在轮到约瑟法用唱词来回应他。她不得不用手扶住发髻，那样子就好像农妇扶着顶在头上的水壶。

如果你为自己找到

一个真诚善良的女人，

吻她千百遍，

让她生活无忧，

令她快慰，做她的朋友，

哒啦啦啦，哒啦啦啦！

表演很快结束了。我不敢看妈妈的眼睛，盯着自己的鞋子一路小跑，急忙回到自己的房间。可她还是在走廊里拦住了我。

"这么着急干什么，说你呢！我有话要对你说……"

赛西莉亚·韦伯在我们身后关上房门，每次她要打我耳光时总会这么做。她今晚又想给我什么教训，没人管得着。

"妈妈，我什么都没做，我向你发誓！莫扎特完全可以和约瑟法订婚，我没有破坏她的幸福。"

我扑到她脚下，亲吻她裙子的褶边，喃喃道："可怜可怜我吧！我什么坏事都没做过。可怜可怜我吧！"

妈妈用力扯我的肩膀，把我拉起来。

"看来你是真蠢啊！谁说你毁了约瑟法的幸福了？你没听到莫扎特是怎么唱的吗？哒啦啦啦！康斯坦丝这个！哒啦啦啦！康斯坦丝那个！你没明白他是什么意思？"

"……？……？"

"老天爷啊！你是聋了吗？真是对牛弹琴！康斯坦丝，我们的沃尔夫冈爱上你了！"

"妈妈，这是不可能的！"

"这倒是。瞧瞧你这副模样，我也想知道他是看上你哪一点了。好吧，别费那么大劲琢磨了，我们来想点正经的。"

她在我房间里转悠，两眼放空，她的表情让我害怕。上一次我看到她这样，是阿洛西亚结婚的时候。突然，她拍手大叫：

"我想到了！"

"想到什么了，妈妈？"

"你别管，让我来。你喜欢他吗？你想要嫁给他吗?"

我没有回答。我把对他的感情隐藏得很深,我没有勇气向妈妈坦白。她总是那么粗野鲁莽,我担心她会冒冒失失地做出什么傻事,同时又泄露了我的秘密。她翻了翻口袋,给了我一些钱。

"把你乱糟糟的头发收拾一下,然后去做一条活泼一点的裙子。我女儿马上要嫁给维也纳的大作曲家了!"

"可是上个星期他付不起房租的时候,你还觉得他穷困潦倒……"

"哒啦啦啦!我告诉你,我们的沃尔夫冈是一个大作曲家,马上全城的人都会为他疯狂。皇帝陛下还会请他再写一首新作品。反正他给女主角起名叫康斯坦丝,那就一清二楚了:他看上你了!"

随后她用力关上门走了,我再也不敢踏出房门一步。

哦!亲爱的闺蜜,你是我的心腹,你了解我的灵魂,你难道就不能给我出出主意吗?哪怕一次就好……

我该怎么做呢？我该怎么想呢？一个作曲家可以为女主角取任何名字。吕利就为他的歌剧处女作创造了一个艾尔米奥娜！可这并不代表他对周围的艾尔米奥娜都心怀爱意。

闺蜜啊，要是你能说话就好了，哪怕一次也好！

1781年8月3日

亲爱的闺蜜，你还记得"malefisohu"吗？我曾经答应过有朝一日用这个密码来写所有的心事。这个密码没有提示很难猜。

"Aon âae Ooupire en Oieence et se déoeopère d'être aiaé en retour."

谁能明白我加了密的话呢？将来有一天，我会在这里告诉你沃尔夫冈教我的方法。

1781年8月10日

　　沃尔夫冈什么也没对我讲，既没有讲我们之间的事，也没有讲他对约瑟法的感情。我不知道我该怎么想。苏菲鼓励我耐心点。她懂得什么是爱吗？

　　妈妈每天都催促我和沃尔夫冈去普拉特花园散步。她突然间对他表示友好，又千方百计撮合我们，让我既惊讶又不安。"去吧！去透透气，我的孩子们。那对你们大有好处！"

　　这种没来由的固执和她满脸堆笑的样子都非常可疑。我只好弯下脊梁，不知道什么样的灾难会降落到自己身上……

　　沃尔夫冈向我介绍将在他的歌剧中出演康斯坦丝角色的女歌唱家。她叫卡塔琳娜·卡瓦列里。她的嗓音非常浑厚，弥补了有些丑陋的长相。她给沃尔夫冈写的咏叹调提出修改建议。虽然有些问题不太礼貌，他却一直宽容大度地倾听着。在回家路上，我问他：

　　"沃尔夫冈，你是否曾经为了让卡瓦列里高兴或听从别人建议修改曲子?"

"从来没有过!写到这个份上,我就再也不听任何评论了,称赞和责备我统统不管。只要没有听过完整的作品,就没资格评头论足,我跟着自己的感觉走就行了。"

他说话时漂亮小巧的双手在空中挥舞。他深谙其道,一举一动都自然舒展,和他聊天不仅是耳朵享福,连眼睛也不会闲着。他个子很小,那是因为他从很小的时候就被迫工作。他缺乏运动,总是忙于写曲子或弹奏乐器。他差不多和一个十四岁的孩子一样高,我却一点也不介意,我比他还矮呢!

自从戈特利布·斯泰法尼请他创作歌剧以来,沃尔夫冈就一直沉浸在喜悦之中,什么都无法打扰他的好心情。这很清楚,唯一让他高兴的事情就是工作。在写曲子时,他甚至会同时和我开玩笑或讨论。他的大脑很奇怪,仿佛能够分为好几部分,每一部分都能独立运作。亲爱的闺蜜,给你举个例子吧!当我写下这些话的时候,我不能同时和我姐姐聊天。沃尔夫冈却能够同时写曲子、和约瑟法开玩笑,还能一边打桌球！

1781年8月17日

我绝望透顶了。

利奥波德·莫扎特先生，也就是沃尔夫冈的爸爸写信要求儿子搬家。他措辞严厉地禁止他住在我们家，给他找了另外一处住所。流言蜚语一直传到了萨尔茨堡，传到了他的耳朵里。大家都在窃窃私语，说沃尔夫冈和韦伯家的一个姑娘之间有苟且之事。他必须立即前往一个姓奥纳海姆的夫人家里，她为他保留了一间房间。老莫扎特先生在等他回复！

这不，他一大早就出门去看那房间了。

我简直被悲伤击溃了！

1781年8月22日

沃尔夫冈刚刚给他爸爸回完信，信里详细描述了
他参观奥纳海姆夫人家的情况：

> 她家非常阴暗，找楼梯的时候都不得不提着
> 灯笼，要知道那可是大中午。那根本不是一间房
> 间，只不过是一个局促的斗室。要进房间先得经过
> 厨房，房门上还有一扇小窗户。她答应我会装上
> 帘子，可是早上我一穿戴整齐就要拉开，不然的
> 话，厨房和其他相邻的房间里就漆黑一团了。……
> 那女人真是世界上最愚蠢、最多嘴的人了，偏偏
> 凡事都要由她来指手画脚。另外，她绝非善类。
> 现在我们来说说她女儿：要是有画家想画
> 一幅魔鬼肖像，那她绝对是个好模特。她胖得像

农妇，浑身冒汗，让人感到恶心。她四处走动的时候衣冠不整，只消看她一眼，就会让人倒尽胃口。要是不小心看到她，那一整天都倒大霉了！啊，她实在是太丑了，而且又脏又讨人厌！滚吧！见鬼去吧！最糟糕的是：她爱上我了！

只要沃尔夫冈没有搬走，老莫扎特先生就不会善罢甘休。我不知道我的心能不能承受住这样巨大的悲伤。要是没有了他温柔的蓝色目光和让人笑得直不起腰的玩笑，我会怎么样呢？只有他才知道怎么让我好起来，怎么让我稳稳地站着！

啊！亲爱的闺蜜，我多么害怕失去我的心上人！

❀

1781年8月23日

我把我所有的零花钱都用来供奉教堂里的蜡烛

了。我祈祷臬玻穆的圣若望保佑沃尔夫冈不要离开我们。我一连祈祷了好几个小时，直到脖子僵硬。走出教堂的时候，我亲吻了门厅里的三座铅铸雕像，它们分别象征信仰、希望和爱。

唉！我回到家的时候，沃尔夫冈正在等我，他要向我们全家宣布一个大新闻。我的监护人托尔沃特先生也在。他为何而来呢？他可从来没有为我操过心！

坏消息像匕首一样捅进了我的心里：沃尔夫冈找到了新住所，最可怕的是，他还很喜欢！

苏菲扶着我，与此同时，约瑟法忍不住轻声叫了一下，像一只受伤的动物发出的低号。妈妈和我的监护人面无表情地坐在各自的椅子上。

"我已经写信告诉爸爸，新住处的相关细节了。"沃尔夫冈说，"我现在去租一架钢琴，因为只要房间里没钢琴，我就不可能安顿下来。亲爱的韦伯夫人，我会想念您无微不至的照顾的。"

他说这些话的时候没有流露出一丝离别的感伤。他从未表现出喜爱或遗憾之情。我向臬玻穆的圣若望祈祷的愿望没有实现。我马上为这残忍的抛弃而失声痛哭。沃尔夫冈走近我，完全不顾妈妈、我姐妹和约翰·托尔沃特先生阴沉的目光。

　　　　哦，康斯坦丝，康斯坦丝！
　　　　为了你我甘愿赴汤蹈火，
　　　　当幸福的泪水洒落四方，
　　　　爱情会向恋人微笑。
　　　　用吻擦干脸颊，
　　　　是爱情最美好的奖赏。

我听出来这是他美妙的歌剧《后宫诱逃》的片段。约瑟法显得很不自在，她脸上露出难为情的尴尬神情。

"哦，沃尔夫冈！到这时候你还要嘲笑我，你真是太残忍了！"我的脸上布满了泪痕，大叫道。

"够了！"妈妈发怒了，"莫扎特先生，我开始不耐烦你的玩笑了！我的女儿们不是供人取乐的，招之即来……"

"好了！好了！我们冷静下来……"托尔沃特先

生打断她，"我们来处理这些事情。年轻人，你打算娶韦伯小姐为妻吗？"

可怜的沃尔夫冈像一只掉进陷阱的兔子，回答得语无伦次。

"那个……因为……哦！……见鬼！"

托尔沃特走向他，他那只粗壮的手放在了莫扎特肩上。

"小伙子，我们瞧瞧，你今年多大了？"

"马上要二十五岁了，先生。"

"这个年纪也该考虑婚事了！你难道没想过在上帝面前神圣的结合会给你带来什么好处？"

"当然想过。"

托尔沃特伸开双臂。

"那么怎么样？"

"可是先生，我没法求婚……只要没得到我父亲的允许！"

"那好！这样的话，在得到你父亲的允许前，我们先签一份合同。"

"一份合同？"

"是的，一份由你签名的婚姻承诺。你保证在三年内娶韦伯家的女儿为妻。这段时间足够征得你爸爸的同意了吧？整整三年！"

我妈妈拍了几下手，要求大家安静。

"要是你们三年内没有结婚，那你必须每年付给我三百弗罗林的年金！我要求合同里加上这一条！你还准备和我女儿订婚吗？"

"是的。"沃尔夫冈嘟囔道。

"太好了！康斯坦丝，你可以过来亲吻你的未婚夫了。"

"一言既出，驷马难追。"我的监护人叫道。

我羞愧得一动也不敢动。沃尔夫冈走过来亲吻我的时候，我问道，这驷马是什么意思。

"这代表如果我违反了合同，我就是个彻头彻尾的小人。"

原来如此！我妈妈又一次像摆摊的鱼贩子一样把一个女儿卖了出去。

我没脸见人了！我多么希望沃尔夫冈能娶我，可是我不希望他是被迫的，更不希望他如果反悔还要支付一笔赔偿金。

突然，我想到约瑟法一定难过极了，要不然就是恨我恨得咬牙切齿。是的，那当然！她一定恨死我了，沃尔夫冈不会娶她，因为他刚刚和我订了婚。

"你真蠢！"她在客厅大叫，"我从来没想过嫁给沃尔夫冈。你想知道我看重什么吗？我只喜欢唱他写的谱子，还有和他打桌球。其他我都让给你！"

沃尔夫冈走向我姐姐，温柔地捏了捏她的脸颊。

"我不会忘记我的承诺的，约瑟法！总有一天，让你来唱我的歌剧。我给你写一个伟大的角色，因为你有一副厉害的嗓子。我觉得你适合当皇后，但是当什么的皇后呢？"

"苹果皇后！"妈妈说。她真是狗嘴里吐不出象牙来。

"冰雪皇后或黑夜皇后？我们再商量吧，可是现在我要搬走了，我还要完成我的《后宫诱逃》。"

妈妈一定要他答应明天回来签署合同才让他离开。亲爱的闺蜜，你要知道我有多么讨厌她！

❀

沃尔夫冈新租的房子离我们家只有两步之遥。他以后都住在格拉本街 1137 号。

"从我窗口能看见'上帝之眼'。我们甚至能继续一起吃饭!"

我们还是没权利一起散步,除非有其他人作陪。可是苏菲太年幼了,不能充当监护角色。我们也不能亲吻彼此的脸颊。可是沃尔夫冈很滑头,我们短暂独处时,他会吻我的脖子。有时候,他紧紧抱着我,让我透不过气来。

我都不敢相信自己可以如此幸福!

我们买了一块漂亮的布料,给我做一身新裙子。今天早上,我们去给沃尔夫冈量身定做一套新衣服:镶有闪亮饰边的优雅外套和相配的裤子。在新裙子做好前的这段时间里，我只好穿邋遢的旧衣服熬过夏末。沃尔夫冈答应我，我们结婚后，他会让我每季都有一套新打扮。我都等不及了，等不及离开"上帝之眼"，等不及摆脱妈妈的管束，等不及成为一个光鲜的夫人，等不及结婚，因为这样一来别人就终于可以吻我的手背了！

1781年9月10日

今晚我睡不着，就起来画了我未来的婚纱。哦！我很清楚不应该想入非非……妈妈不太可能花钱给我置办缀满蝴蝶结和缎子花的礼服。可是我一想到自己穿上这件婚纱，就好像摇身一变，成了公主。我希望像法国人那样穿三层裙子：第一层是昂贵珍稀的好布料做的，叫作"谦逊"。第二层没那么漂亮，布料也比较普通，叫作"淘气鬼"。第三层叫"秘密"，搭在裙撑上，让背影看起来更纤细。

1781年9月13日

昨天，我们的圣抹大拉小教堂被一场大火整个烧
毁了。我一直很喜欢这座背靠圣斯蒂芬大教堂的小礼
拜堂。大火是早上五点左右烧起来的。巡夜的看守在
街上喊人帮忙，可是没人起床。最后直到六点多，消
防队和消防水龙头才赶到，穿着挺括的刺绣外套的贵
族齐心协力扑灭了大火。

一切都烧得不成样子了：摆放着漂亮丝绒垫子
的雕花木头座椅、被金色流苏扯得往下坠的帷幔，全
都烧毁了。只留下一堆冒烟的灰烬，让过往路人触目
惊心。

夜晚

　　沃尔夫冈本该和我们一起吃午饭，可是他没来。我下厨煮了一锅熏牛舌和牛肺。怎么等他都不来，锅子都烧着了。每当我好几个小时听不到他的消息，就有想把周围的一切都砸烂的冲动。

1781年9月15日

　　我的监护人带着他那份该死的结婚合同再次登门。他和沃尔夫冈两个人单独在房间里待了一会儿。我把耳朵贴在墙壁上也无济于事，一个字都没听到。最后，托尔沃特把我和妈妈叫进了房间，趾高气扬地向我们宣布，沃尔夫冈在合约上签好字了！这主意和他用的手段都让我恶心到了极点，我冲向书桌，拿起

105

合同，在所有人面前撕成了碎片。

"亲爱的莫扎特！我不需要你白纸黑字写下的承诺，我相信你说的每一句话！"

沃尔夫冈好像很气恼。他弯腰捡起合同碎片，温柔地低语："我是自愿被我的未婚妻束缚的，我发的誓和世界上的所有合同一样有效。"

我母亲用脚猛踩地板。

"说得轻巧，可是如果你反悔了，谁能保证我收到年金？"

"丈母娘大人，那就把这些碎片粘起来，好好收在藏果酱和蜡烛头的柜子里。可是你别指望能收到这笔钱，因为我一定会娶我的心上人的！吞下去！"

每当对方想要惹他生气时，他总是喜欢用"吞下去！"为对话画上句号。这个荒诞的词一出口，立竿见影，让对方哑口无言。

1781年9月23日

歌唱家卡塔琳娜·卡瓦列里正在闹脾气。她要求沃尔夫冈修改一些唱段，因为她觉得自己不能胜任。她真该感到羞愧。可是，不！卡瓦列里从来都没有羞耻心，而且自我感觉特别好。

沃尔夫冈被惹恼了。

"为了迁就女歌神的嗓子，我不得不牺牲一首咏叹调。还不如让你的金丝雀来唱我的歌剧，也差不到哪儿去！"

当他被什么不顺心的事情激怒了，就会减少和我待在一起的时间，而且也不再情话绵绵了。他被挥之不去的念头弄得疲惫不堪，眼神空洞，对我的甜言蜜语充耳不闻。

1781年9月29日

今天是圣米迦勒日，雇主可以在这天解雇仆人，仆人也无须任何理由就可以离开雇主。一个星期以来，显贵家庭和自家仆人说话时都轻声细语的，因为他们害怕仆人一不高兴拔腿离开，他们就只能自己收拾家务了！一年中唯有这一天大家会客客气气地对待仆人。

　　整个奥地利都尊重这一风俗，除了我妈妈：她一年三百六十五天都恶声恶气，这一天也不会例外。

　　歌剧写作中断了，大家都拖拖拉拉，只有沃尔夫冈·莫扎特除外！戈特利布·斯泰法尼要修改剧本，却迟迟没有给出意见。不过无论如何，排练都无法开始，因为剧场仍旧被格吕克的两部戏占着，还有另外一个作曲家在后面排队，沃尔夫冈坐不住了。

　　"他们还不如把谱子给我，让我来干呢！这活他们花了两个月，要是换作我，四天就能干好！我前面还有多少人？"

　　"还有两个。格吕克排练完，只有一个叫乌姆劳夫的了。你认识他吗？"

　　"一点点。他的音乐让我哭笑不得，他把别人的主意记在心里，然后自己加工加工。"

　　"沃尔夫冈，耐心点……会轮到你的。"

1781年10月10日

　　始终没有歌剧剧本的回音。我感到沃尔夫冈失去了耐心。他像栖架上的鹦鹉一样原地打转，还重复一模一样的话。幸好，他每顿饭都在我们家吃，而且妈妈经常不在家。她出门以后我们尽情放肆！沃尔夫冈总是在灯下或纸屏风后亲吻我的手。他和我说话的口气就好像我是一个小孩子。

"嗯……我吃了你！我把你生吃了！我一口吞下！我细嚼慢咽！我咬你的小手……嗯……把另外一只手也给我！"

1781年10月15日

我的监护人和妈妈在一间小书房里闭门商议。

他们一连几小时都没出来！他们有什么话这么重要？为什么他在这么短的时间里来我们家三次？要知道自从我爸爸去世以来，他可从来没有为我操过心。

他们终于出来了。

妈妈面露喜色。我咬紧牙关，因为我已经做好了最坏的打算。他们让我到街对面去把沃尔夫冈找来。外面下着瓢泼大雨，我不得不冒雨穿过格拉本街。

虽然我打断了沃尔夫冈的工作，可是他对我很温柔。我们小跑着回到"上帝之眼"，雨大得把我们的衣服都淋透了，而且还是旧衣服！

托尔沃特开口说道："年轻人，你收到你父亲的回音了吗？"

"没，还没有。"沃尔夫冈说，"老实说，先生，我还没有向他宣布我的婚事。"

我的监护人把大拇指插进腰带里，这样一来他的双手就挂在了裤腰上。

"我建议你不要再拖延了，因为我们决定，如果你反悔的话，我们会把康斯坦丝关进修道院，让她在那里度过余生。"

一听这话，我的喉咙里发出一声沙哑的叫喊，随后倒在椅子里，不省人事了。

今天早上，苏菲来房间看我，讲述了我昏倒后发生的事情。

"莫扎特一下慌了神。他扶着你的脑袋不停重复着：亲爱的康斯坦丝，我的斯坦琦，我的小尖鼻子……这时妈妈走过来说：让我来。然后她打了你两个响亮的耳光，可是你还是昏迷不醒。大家只好把你放到床上，让你一直睡到今天早上。"

可是我根本不是在睡觉，我是昏迷了。

1781年10月29日

沃尔夫冈的大姐很伤心，因为他们的父亲不同意让她嫁给一个与她岁数相差太大的男人。沃尔夫冈说他那可怜的姐姐南内尔哭了好几个星期，爸爸却无动于衷。可怜的南内尔！这件事让我开始担心我俩的婚事，沃尔夫冈想必害怕告诉他父亲我俩订婚的消息。他父亲若是知道了，一定会暴跳如雷的。

真让我心惊胆战！要是我的未婚夫鼓不起勇气面对自己的爸爸，那我就只好在修道院里发霉了。

昨天，我们去看了《伊菲格尼亚》的首演。沃尔夫冈本来打算预定三楼阳台的位子，讨我妈妈欢心，可是所有位子都卖完了，我们只好在剧场外排了四个小时的队买正厅的票。正厅里都是些最糟糕的位子：头顶大枝形灯的蜡烛油一滴一滴地掉在我们的脑袋上。这些简陋的位子要价一弗罗林外加四十克鲁采，相当于我们小女仆一个月的薪水。

1781年10月30日

妈妈在我床上放了一本讲修道院里的嬷嬷如何生活的小书，自从那天起，我每晚噩梦连连。亲爱的闺蜜，我读了这本书之后害怕极了！

要是我被关了进去，我大概永远也不会适应如此严酷的规则，那里面的生活和我现在的一样难以忍受。可是在家里，我起码还能看到我的姐妹们和我的小金丝雀。

年轻的修女必须每天一大早五点三十分就起床到礼拜堂去祷告。天寒地冻，圣水在大理石圣水池里都结了冰。祷告完后，她们下楼去餐厅吃午餐。她们中有一个人不得不在大家吃饭时高声朗诵。受罚的修女只能坐在地上或站在门前吃饭。院长嬷嬷和主教一样，不仅戴一枚戒指，还有一根权杖。不管你是园丁、仆人或新来的修女，和她说话时，必须单膝跪地；听她责备的时候，还得双膝跪地，双目低垂，双手合掌。到了下午，大家做晚祷；用完晚餐后，还得继续祷告，直到家禽都休息了，才能上床睡觉。

过去，修女整天什么都不干，只专心祷告。可是我们的皇帝认为这样既无用又荒唐，所以下令把所有的修道院都改成农田。

嬷嬷们还是清晨即起，可现在是为了挤牛奶，再也不是为了跪着祷告而磨坏膝盖。

1781年11月1日

沃尔夫冈很早就起床了。他的理发师六点到！每天早上，理发师都来为他梳那一头金色长发，自从他来到维也纳，他再也不愿意忍受假发，他以展示自己原来的头发为豪。在理发师为他梳头、往他头发上扑粉的时候，沃尔夫冈很安静。他们每天的对话一成不变：

"记得把我的左耳朵藏到头发卷下面去。我不希望别人看到我的畸形耳朵。你要管好你的嘴！你是唯一一个知道我秘密的人！"

"可是我可以告诉你，莫扎特先生，你并不是唯一一个把秘密藏在头发底下的人……"

突然，沃尔夫冈一下子站起来，冲到钢琴前，揪着他的头发的理发师也跟了过来。他开始弹奏在脑袋里酝酿了好几个小时的旋律。就这样，早上六点，一个维也纳的小理发师成了第一个听到沃尔夫冈·莫扎特乐曲的人。

接着，晨曦悄悄爬上了琴键。

"我知道现在该吃饭了，因为我的胃跟着节奏咕咕叫，我的琴键也被太阳烤暖了！"

他这才不得不梳洗穿衣。如果没有其他更紧迫的事情的话，沃尔夫冈会穿上一件外套，穿过格拉本街，来我们家吃饭。只要他一踏进家门，我就乐开了花。

我们在通向大客厅的小饭厅里吃饭。我们总是匆匆用餐，因为他不喜欢在餐桌上逗留。他喜欢和我们的第一个房客攀谈一会儿，如果他感到困意袭来，就一下子起身，对我们匆匆行一个看上去多少有点滑稽的礼，然后打个小盹。有时候，妈妈会尖酸地羞辱他：“你现在交游广阔了，是不是觉得由我作陪没什么意思了？”

妈妈不仅仅尖刻，还语带醋意。沃尔夫冈回答：

“您这么说太不公平了，亲爱的韦伯夫人！我现在结交的权贵为我铺路，让我有朝一日能够得到皇帝陛下的赏识，得到个一官半职，您也脸上有光啊！”

“房客里出一个主教或作曲家有什么可让我得意的？”

“房客里大概是出不了了，不过您的女婿还有指望！”

说到这里，沃尔夫冈转向我们的楼梯，喃喃道：“吞下去！”

可是，妈妈都听得一清二楚，从楼梯上厉声喊道：“你要是还想保住声誉的话，对我客气点！”

沃尔夫冈一回到他的房间，就倒在羽绒被上，像个孩子一样睡着了，这一睡就是整整一个小时。什么也不能打扰他的午睡，可是到了夜里，针掉在地上的声音都能把他吵醒。

1781年11月2日

妈妈找来了一个新女仆，她叫卡特尔。她的头发中分，像个男人一样！

晚上

沃尔夫冈给我写了一封鸡毛信。这名字怪不怪？我们就是这样叫我们的小情书的。

在这世界上，我爱你胜过其他一切。

我把信折起来放在上衣里，离心脏最近的地方。

亲爱的闺蜜，我曾经答应过有朝一日会把"malefisohu"的密码告诉你，这是莫扎特一家人写信的时候专用的。

其实很简单：用相应的元音来代替辅音就行了。MALEFISOHU 就是用 M 代替 A，L 代替 E，以此类推。每个元音被之前的辅音替换，是不是又有趣又简单？

这就是我的秘密：jl dltlstl mm mltr。

谁能猜出来？

1781年11月3日

今天我没怎么见到沃尔夫冈，因为今天是他的节日，瓦尔德施泰登男爵夫人在利奥波德为他设宴款待宾客。

我真为他高兴。

不，我是骗人的。

我气得发疯。我想消灭所有能比我给他带来更多快乐的人。

晚上

他一点音讯也没有。

亲爱的闺蜜，夜幕已经完全降临了，我现在明白他不会来了。

1781年11月4日

沃尔夫冈给我带了一束鲜花，请求我原谅他昨天一整天都把我晾在家里。你永远猜不到他为什么没能来见我！他正要睡觉的时候，一群乐师不知从哪儿冒了出来，他们专程来为他表演。

"他们给我演奏了世界上最悦耳动听的小夜曲！乐师们让人把大门打开，来到院子里，在我的窗下……"

他向我娓娓道来的时候，脸上发出喜悦的光芒。我再也受不了被他的快乐拒之门外，我想要分享他每一点一滴的幸福，连同那些最平凡普通的小快乐。

1781年11月15日

《后宫诱逃》还不能搬上舞台!

一切都停滞不前!斯泰法尼还没有改完歌剧剧本,选定的女歌手又临时变卦,一场排练都没有安排好。

白天变短了,阵阵寒风让我们手脚冰冷。很快,它就会冻住我们的大脑和下颌。妈妈只为自己和房客的房间供暖。其他房间和客厅都像冰窖一般。小女仆卡特尔搬运着比她自己还重的木柴。我们都在暗地里帮她。要是被妈妈看到了,肯定会狠狠地骂我们一顿。

约瑟法、苏菲和我都在羊毛裙下打寒战。我常常想我们都冷成这样了,血液会不会凝结?

"你们只能跳舞了,活动活动就会暖和起来!"妈妈讽刺道。

1781年11月17日

沃尔夫冈的爸爸写信说他生病了。

我一直希望我的未婚夫写信给他爸爸，请求他同意我们的婚事，但是他似乎把誓言抛在了脑后。

我买了一罐药膏，让沃尔夫冈寄给他爸爸。如果他抹了我送的药而痊愈，那么就不会阻挠我们的婚事了！那样就万事大吉了！

一场盛大的舞会将在美泉宫举行！我太喜欢这样的自由舞会了，因为所有人不论地位高低、财富多寡，都能进入。沃尔夫冈还没决定去不去。他的犹豫不是没有道理：那些喜爱他音乐的达官贵人对这些平民百姓出入的舞会根本不屑一顾。

夜晚

妈妈给了我一些钱，让我去买一身新裙子，我把钱放在一个盒子里，不时打开看看。只要莫扎特的爸爸没有首肯我们的婚事，我就不敢用这笔钱。要是这件事情吹了，我就只能用它来买一身黑色的修女袍子了！我暗暗寻思，妈妈到底为什么大发慈悲给了我一百二十弗罗林，这可是一个小学老师五年的薪水啊！

时尚杂志每周指点我们如何紧跟潮流。一个优雅的夫人选择多多，法式裙、英式裙、波兰裙、印度纱丽、克里奥裙，甚至还有土耳其式的长袍！

琳琅满目的漂亮衣服真是太让人激动了！

可是只能望洋兴叹也未免太丧气了！

我梦想有一条天蓝色的波兰风情绸缎裙，两侧伸出"侧翼"，后摆蓬松，装饰有白色流苏。要是我手头宽裕的话，还会要求加上两只袖子，袖筒用蜂窝状绉纱围成，这种款式被称作"小人儿"。要是不行的话，或许我能够给自己买三条法式裙。

我想把自己的头发梳得高高的，显得很有学问的样子。沃尔夫冈告诉我，他的姐姐南内尔需要一个住在萨尔茨堡的朋友每天去她家帮她梳头，因为她根本不会打理头发！瞧瞧！她一定又爱打扮又任性，因为我永远不敢要求别人每天都来给我梳头，迎接我的只会是妈妈一记响亮的耳光!

❀

1781年11月18日

离舞会不到八天了。我不知道我会难过悲伤还是笑逐颜开。这并不取决于我。

我和妈妈谈过了,我想做一身婚纱,先在舞会上穿,然后用在婚礼上。

"没必要用你那些个舞会的事来烦我们。这是斗篷化装舞会,没人会在乎你斗篷下穿了一件旧裙子!"

"可是……那我的婚纱呢?"

妈妈抬起眼睛,诅咒上天给了她一个这么愚不可及的女儿。

"你的未婚夫总算收到老莫扎特的恩准了?"

答案当然是"没有",妈妈知道得一清二楚。她总是用这种陷阱问题来结束对话。

1781年11月22日

　　终于收到沃尔夫冈爸爸的回音了！他写了一封长信给他亲爱的儿子，告诉他自己的病情有所好转。可是只字不提我们的婚事。我想是因为莫扎特还没有胆量做出哪怕一丁点的暗示。

　　我真担心自己的命运！

　　有个陌生人来敲我们的门，他请求借宿一晚。妈妈倒是来者不拒，但条件是他要为这一晚付出一个星期的房价。陌生人耸了耸肩，消失在了寒冷彻骨的浓雾里。他也许以为妈妈会改变主意，叫他回来。反正也无妨！

　　妈妈永远都是这么过分。

1781年11月24日

　　我藏在盒子里的钱不见了！谁偷了我的一百二十

弗罗林？原来我们家藏着这样一个江洋大盗，我震惊了……到底是谁干的呢？

"别找了。"苏菲耸耸肩说，"还能是谁？妈妈肯定后悔了，把钱拿回去了。"

"可是这不公平！我从来没有穿过新裙子，我从来没有要求过任何东西。自打我生下来起，穿了十几年阿洛西亚和约瑟法的旧裙子！"

"唉……我的小可怜！恐怕这样的日子还会继续下去。"苏菲喃喃道。

1781年11月25日

盛大的舞会就在今天！

沃尔夫冈为我借了一条粉红色的长斗篷，还捎来一张情话绵绵的小字条：

玩得开心，但别过火了！我吻你的手一百遍，我永远是你的猪尾巴男爵。

他不去的话，我也不想去了。

就这么定了——我不去参加舞会了。

1781年11月26日

苏菲和约瑟法把舞会上的八卦一一讲给我听。因为普罗大众跳起舞来都笨手笨脚的，推推搡搡在所难免。在一支舞曲中，连大公爵夫人都冷不防地被推得和皇帝陛下分开，陛下为了找回他的舞伴，在其他人腿上踢了好几脚才突出重围！清晨时分，许多维也纳人精疲力竭地回到家中。还有些桀骜不驯的人在桌子上跳起法国民间舞蹈来，他们跺着脚，用啤酒杯干杯。他们唱着民间小调，右手按住胸口，声嘶力竭，目光迷蒙。舞会的尾声通常不如开头那么光鲜闪亮。

1781年11月30日

有位温特先生来敲门，请求借宿一晚。他从萨尔茨堡来。我不喜欢他的模样，他有点吓人，半张脸被头发遮住，刘海都扎到眼睛里去了。他低着头瞟我们，活像一只老鼠。

"我是利奥波德·莫扎特的至交。"他这么说道，大概希望我们能给个优惠的折扣。

"一个晚上我不租的。"妈妈回答，"除非你付一个星期的房租。"

温特先生嘟嘟囔囔地拿出钱来，然后把自己关进了房间。他要求卡特尔把晚饭送到房间。真迷人！

1781年12月初

现在是一年的最后一个月。

下雪了，我们都冻僵了，只好聚在客厅里围着滚烫的壁炉烤火取暖。

沃尔夫冈终于给爸爸写信，请求他同意我们的婚事了！我高兴坏了，也不安极了，因为沃尔夫冈在信里把我写成一个又笨又丑，只适合做家务的婆娘。

"你为什么在信里把我写得那么愚蠢呢？我觉得

很丢脸，你爸爸永远都不会允许你娶一个傻子的。"

"恰恰相反！"他叫道，"我爸爸不准我再见你的姐姐阿洛西亚，因为他觉得她太狡猾、太风骚、太浮华了。只要我对爸爸说你和她没有一丁点相似之处，他就会放心让我们在一起的。"

"可是你把我形容成一个蠢货。"我跺着脚说。

我气得眼泪都流了出来。

"相信我，斯坦琦，我知道怎么来说服爸爸……这封信只是个草稿，要是你愿意的话，我们完全可以一起来修改。"

我最亲爱的爸爸！

我自然而然地向往一种平静的家庭生活，况且我不会料理家务，对清洗、整理衣物一筹莫展，所以我需要一个妻子。要是我身边有个女人，那就可以省下许多不必要的开支。在我看来，一个单身汉的生活是不完整的。我已经做了仔细的思考和周密的权衡。

现在我的爱落在何处呢？这一点您也不用

操心。还是韦伯家的姑娘吗？是的！既不是约瑟法也不是苏菲，而是不大不小的康斯坦丝。我从来没有在一个家庭里见到过这么迥然相异的性格。大女儿是个粗鲁的懒人，比狐狸还狡猾。阿洛西亚·朗格假惺惺的，心肠不好，成天只知道打扮。最年幼的苏菲年纪还太小，不足以成事。可是中间那个，也就是我亲爱的康斯坦丝——这家人里的殉道者，也许正因为这点——是她们之中最善良、最能干的。一句话概括，最好的！她干家里所有的活，可是其他人永远都不满意。哦，我了不起的爸爸！我和她在这家里受的委屈真是罄竹难书。可是我先要让您了解一下我心爱的康斯坦丝是什么样的人。她很勤快，但并非美若天仙。她最美的地方是她那双黑色的小眼睛和一把细腰。她也称不上冰雪聪明，可当个好妻子和好母亲还是绰绰有余的。她从来不会大手大脚花钱，一向穿得很简朴。她母亲为其他两个女儿花钱，却把她抛在脑后。当然，她也希望自己看上去得体典雅，但不会追求浮夸奢华。她能够自给自足，而且每天自己梳头！她知道怎么操持一个家，她是最善良的人，我们彼此相爱！有妻如此，夫复何求啊！

亲爱的爸爸，我必须声明，过去我辞职的时候，我还没有爱上她。她对我悉心照料（我那时住在她家），让我萌生爱意。我希望征得您的允许，拯救这个可怜的姑娘，给她幸福（同时也给我幸福），相信这样一来皆大欢喜，因为您也会为我高兴的，对吗？我向您敞开心扉。

吻您的手一千遍。

您永远毕恭毕敬的儿子
沃·阿·莫扎特

亲爱的闺蜜，你已经习惯了我的胡言乱语，一定能理解我的感受。要被描写成一个蠢材才能被他家人接受，这实在太残酷了！可是沃尔夫冈不顾我的反对，执意寄出了这封信。

1781年12月22日

幸好我还能相信你，和你分享我的喜怒哀乐。可是真没什么高兴的事可以说，看来还得等待。

夜晚

沃尔夫冈现在很少有机会陪伴我。他的时间几乎都用来教授学生和创作乐曲了，可是他的歌剧《后宫诱逃》还没排上剧院的节目单。大家总以为音乐家的生活轻松惬意，无忧无虑。完全不是那么回事！每天六点，他的理发师一到，他就得起床。七点穿戴整齐，然后开始教课。十点在冯·特然特纳夫人家，十一点在伦贝克伯爵夫人家。每人每十二节课支付二十七弗罗林。这学费可不便宜！小学校长要辛苦一年才能拿到同样的酬劳，沃尔夫冈教几个小时课就能赚到。上午的课结束后，他吃午饭。要是他受到邀请，就得等到下午两三点才能吃上饭。下午五点左

右，他回到房间静下心来写曲子直到九点，除非晚上
有音乐会。如果接下来没什么安排，他就来"上帝之
眼"，不过大家的好心情都会被妈妈的刻薄话毁了。
我们十二点时告别，总是那么恋恋不舍。

❀

1781年12月24日

沃尔夫冈收到他爸爸寄来的回信！我没想到会这
么快收到他的祝福！真是太幸运了！让我们一起看看
信里写了什么……我立即去找沃尔夫冈，他已经在客
厅等我们一起读信了。

片刻之后

真是悲剧啊！
莫扎特先生会让南内尔来维也纳住上几天，她的

正式使命是责备她的弟弟，并让他走回正路。年迈的父亲要求沃尔夫冈尽快"放开"被诅咒的韦伯家的姑娘们。什么？他竟然命令他立即抛弃我！

温特（只住一晚的过客）向莫扎特的父亲撒了谎，说我贪慕虚荣，游手好闲，把全家人的钱都糟蹋光了！

连老天也在和我作对。一切都联合起来让我的婚事泡汤！我害怕极了。我被一个才见了一次面的陌生人诋毁抹黑，而我的未婚夫根本没有勇气面对他父亲的怒火。我还能怎么样呢？

为什么这个可恶的温特要撒谎陷害我？我一辈子都没有为哪怕一个蝴蝶结花过钱！

南内尔会成为我的盟友吗？……我担心她因为自己的婚事受挫而对我们幸灾乐祸。不管怎么说，南内尔是大姐，她应该比他先结婚。现在我衷心希望她赶快来维也纳，我要说服她，让她明白她应该喜欢我，等她回到萨尔茨堡后，就会跪在她父亲脚边，哀求他准许这门婚事。

"可是我看这行不通。"沃尔夫冈说，"南内尔像只母老虎一样，她的嫉妒心很重。"

目前，沃尔夫冈想把可怕的奥纳海姆小姐和马尔塔·瓦尔德施泰登男爵夫人的地址给他父亲，让她们来证明我是个好姑娘。

1781年12月25日

整个城市的街道都空荡荡的。这样一个圣诞节的夜晚，不应该午夜后还在路上游荡，因为动物会开口说话。是的！猫和狗会对彼此诉说主人对它们施加的虐待。在圣诞夜看到它们的人就倒霉了，因为他们此后的日子里都会变成聋子，而且还会猝死！这是对我们残忍行为的惩罚。

1781年12月31日

南内尔不会来维也纳了。她的行程取消了，可是我不知道为什么。我只知道她不能为我辩护，也不能说服她爸爸了。

我们心情悲伤地告别了这一年。

1782年1月初

沃尔夫冈迟迟没有得到他父亲的同意。

他们好久没有通信了。

"这是我第一次没有送新年祝福给爸爸。"沃尔夫冈哀叹,"可是我不想为其他事情写信给他,我只想让他同意我们的婚事。"

1月把我们裹进了它冰冷的大衣里。

❀

1782年1月5日

我生日这天收到了一个装满秘密的盒子。沃尔夫冈拒绝告诉我打开盒子的密码,他坚持让我自己想:"这样一来,我就能肯定我的礼物会占据你很长时间!"

1782年1月27日

　　沃尔夫冈今晚会收到我送给他的生日礼物，是一块写信时垫在信纸下的吸墨垫板，用月桂树叶和铃兰花瓣绣成。为了这份精致的礼物，我一直弓着背费力刺绣，都快把眼睛弄瞎了。

　　吃过晚饭我就去送给他，到那时妈妈已经像倒在草垫上的狗熊一样鼾声大作了。

1782年1月末

　　沃尔夫冈赢下了一场音乐比赛！他演奏得棒极了，在场的观众中有皇帝陛下约瑟夫二世和俄国大公爵夫人玛利亚·费奥多罗夫娜。可是一开始出师不利，皇帝陛下指派给沃尔夫冈一台走音的钢琴，有三个琴键是坏的。

　　这场大获成功的比赛结束后，皇帝陛下赏赐给莫扎特满满一袋五十杜卡托。我负责保管其中三十杜卡托，这是我们婚礼的开销。

"一个字都不要和你妈妈提起！"沃尔夫冈明智地嘱咐我。

我想小卡特尔听到我们的对话了。我敢肯定她会帮我们保守秘密，因为她痛恨我妈妈。

亲爱的闺蜜，我越来越难经常给你写东西了，因为妈妈严格控制我们的蜡烛发放。商贩们都在等送货。在整个维也纳都买不到蜡烛。我们把棉布做的蝴蝶结浸在油里，换来几分钟的光亮。约瑟法说简直像回到了中世纪。

沃尔夫冈晚上要赶赴好几场音乐会。冬天到了，维也纳人喜欢听演奏。大家争相聆听最伟大的音乐家表演自己的作品。奥纳海姆小姐经常和沃尔夫冈同台，看上去她很有天分。我一点也不嫉妒，因为她实在丑得吓人。有一天晚上，趁着其他音乐名家表演的空当，我们还聊了一会儿天。

"我知道沃尔夫冈想要娶您。"她轻声说。

"那么您呢？您有意中人吗？"

"看看我！"她对我说，"我相貌丑陋，可是我宁愿单身，也不要嫁给一个可怜的小职员。至少我的音乐让我自己颤抖，也让大家倾慕！"

今天，我都不知道今天是星期几了……

沃尔夫冈有了三个学生！这样一来，他每个月就能保证有七十弗罗林的收入了。这比他回到萨尔茨堡他父亲身边赚得还要多。

我们一直没有任何他父亲的音讯。

我很害怕。

等待着我的会是什么呢？

妈妈倒是无所谓。如果我结了婚，她就省下了我的饭钱；如果我没结婚，她则能赚进三百弗罗林的赔偿金！

妈妈潘趣酒喝多了。每当她醉醺醺的时候，就会瘫倒在软垫长椅上，像只野兽一样把呼噜打得震天响。我原来以为只有男人才能发出这样的声音。有时候她吵到了邻居，他们就敲打着墙壁大吼大叫："哎，公爵夫人，你以为你在做忏悔吗？"

我就趁着她打盹的片刻，借用她的蜡烛绣一顶花边小帽，打算送给南内尔。我绣了一些蓝色小花骨朵，因为沃尔夫冈告诉我他姐姐和他一样有一双蓝眼睛，是深沉的天青色，和圣母马利亚的斗篷一样的湛蓝色。

"要是你继续浪费我的蜡烛来干这些蠢事，我就把你打得鼻青脸肿，你就知道是哪种蓝色了！"妈妈的眼睛睁开一条缝，嘟囔着说。

1782年2月

这次我们真的只能请人来修钢琴了。沃尔夫冈和约瑟法一起排练了几段新写的《后宫诱逃》唱段。可是有两个琴键发出"砰"的声响，随后飞了出去！其中一个琴键飞到了满满的汤碗里，把妈妈溅得浑身都是汤汁，我们忍着笑，只有沃尔夫冈狂拍大腿乐不可支……

第二天一早，我担心赛西莉亚·韦伯一醒来就要发作。在她眼里，我一无是处。我的呼吸让她厌烦，我的目光让她不快，我的存在本身就是一个负担，她日夜不停地抱怨不止。我竭尽所能缄口不言、为她效劳或消失在她面前都无济于事。

我担心她无休无止的报复。

哦，亲爱的利奥波德·莫扎特先生！要是您知道我有多么盼望得到您的许可就好了！我每天晚上都会在祈祷的时候想到您！

1782年春天

维也纳的年轻姑娘都想跟随法国时尚，却把自己的头发收拾得滑稽可笑。她们一想到要是不听从巴黎流行杂志的宝贵建议，就会嫁不出去，禁不住吓得发抖。大家都把发丝烫得卷卷的，拼命堆高，都快够到天花板了。有几个傻姑娘的发型太庞大，进马车或从窗口探出头去的时候不得不把身体一折为二。她们这是在冒着生命危险，因为蝴蝶结有可能会卡在马车车轮里，把她们绞死或扭断她们的脖子。

要跻身优雅之列，还要擦胭脂粉，死青色、浅
粉红色、金丝雀尾巴的颜色、瞪羚似的浅褐色或著名
的"母鹿肚皮"色。可惜啊，这些胭脂都太容易显
脏了！

要是想去骑马，就得备好一条深色裙子和一件
衬有毛皮边的亮色短外套。戴一顶三角小帽会锦上添
花，如果你把它朝着左眼歪着戴的话。可要是我把帽
子拉下来遮住左眼，一定会从马上摔下来的！

奥纳海姆小姐生病了，她呕吐得很厉害，她爸爸
为她擦去秽物却自己也病倒了。这可能吗？只有她妈
妈还好好的。我们担心她得的是传染病，因为很多人
都病倒了。

1782年3月

我喜欢春天的阳光带给我们的希望。我们教堂的
钟楼像手指一般指明了天堂的方向。

夜晚

　　奥纳海姆小姐的爸爸病逝了。沃尔夫冈说是他妻子在饭里下了毒，上次他去吃饭，他妻子准备了一锅菊苣炖牛肺，配菜是古怪难吃的丸子。丸子是很容易做的菜，连丸子都能做坏，那该是多么糟糕的厨娘啊。

　　要是沃尔夫冈那时租下了他们家的房间——那间可怕的房间和厨房只隔着一道帘子——他会不会也被毒死？

　　奥纳海姆小姐很伤心。我会给她写一封慰问的短笺。今晚，我会在祈祷的时候请求她爸爸的灵魂得到安息。

　　"他是一个圣人。"沃尔夫冈说，"是的，一个圣人，否则怎么能忍受这样的妻子？她简直是一条恶龙。"

1782年4月2日

　　沃尔夫冈给我写了一些密信。我们已不再用

"malefisohu"密码了，而是换了一种……妈妈检查我
所有的信，可是她什么都没发现。

你呢，亲爱的闺蜜？你看到我们这封情书里面的
小秘密了吗？

> 很快，如果我找到片刻平静，
> 上帝啊，我多喜欢凝视着，
> 面前放着的你迷人的肖像！
> 我将会把我的全部都献给我的艺术，
> 会是喜悦的化身。
> 你的小尖鼻子，你迷人的脸庞，
> 丈夫这个幸运儿将会将你拥入怀中，
> 你将把我的友谊转告你母亲，你
> 会是我满怀敬意的忠诚信使。
> 我的未来的岳母和我未来的
> 妻子的姐妹们，祝愿你们度过一个美妙夜晚。

> 你深情款款的莫扎特

我告诉你其中的秘密，因为我需要找人倾诉。有时候发生的事情太痛苦或太快乐，我无法一个人承受。要读懂莫扎特的温柔情书，必须只看每一行的第一个词："很快，上帝面前，我将会是你的丈夫，你将会是我的妻子。"

马尔塔·瓦尔德施泰登男爵夫人真的对沃尔夫冈青眼有加。她保护他免受流言蜚语的诋毁，邀请他出席所有的晚宴，为他筹办音乐会，介绍他认识自己所有的朋友。她真是个大好人，她还邀请我出席下一次的晚宴！我该穿什么呢？我那些手肘打了补丁的衣服和改过大小的上衣都让我感到难为情……妈妈听说有人邀请我，而不是她赴宴，气得脸都绿了，可是她也不敢拒绝一个男爵夫人的盛情。

我打算问苏菲借她那件漂亮的浅粉红棉布裙子，可是我比她更丰满一些，背上的带子系不起来。

"那没办法了！你只能在肩上披一件大斗篷，让它盖住背后。这样也挺高贵的！"

最后，我只能穿我那件灰褐色的棉布裙子。

我一被仆人带进男爵夫人的客厅，就被满屋子的客人吓住了。男爵夫人大概感觉到我的手足无措，所以亲自来迎接我。她的客厅里常有当红艺术家和风流才子出入。她慷慨大方，对宾客体贴入微，和我妈妈形成了鲜明对比。这可是一个真正的男爵夫人！瓦尔德施泰登夫人一走到我面前就做了一个俏皮的鬼脸。她从自己的上衣上解下一枚镶有小珍珠的胸针，别在我的胸前，对我低语："您是个迷人的姑娘，这枚漂亮的珍珠红宝石首饰会为您增光。"

"夫人……夫人……"我眼眶含泪嗫嚅道，"我配不上这么美轮美奂的东西！"

"噗，别说了！我很清楚我在干什么。这枚鸽子血很衬爱脸红的小姐！让他们瞧瞧您多美……"

吃晚饭时，我目不转睛地看着我的大恩人，向她表达我的感激之情。她是那么高贵典雅！我多么希望有朝一日自己也能像她一样仪态万方，潇洒自如！唯一有点让人不舒服的是她脑袋上的两只小鹦鹉！它们不时会拉屎，她还雇了一个仆人专门在"插曲"发生时清理头发。

　　餐桌很大，七个银烛台排成一排，把水晶酒杯照得熠熠生辉。一切都流光溢彩，我好像在做梦一样。珍贵宝石做成的项链、银餐具、金银器皿上折射的反光都足以让我铭记一辈子。长桌上铺着白色的桌布，上面有精巧的餐巾盒和精心布置的鲜花。这些餐巾大概比我的衣服还贵重！所有的窗子都装饰着镶嵌金流苏的丝绸帷幔，它们被巍峨的粉色大理石柱子隔开。天花板……啊！亲爱的闺蜜，告诉你哦，那上面画满了一幅幅任性的天使在暴风雨中翩翩起舞的画面……镶有细木护壁板的浮雕上浮现出字母交织的图案……这一晚的回忆至今仍让我头晕目眩。晚餐后，先生们到一个小客厅里抽烟，女士们各自补妆，准备玩游戏。我学会了打"法老牌"。这个游戏太好玩了！需要五十二张牌、一个庄家和准备好输钱的玩家。我连玩一局的钱都没有，男爵夫人慷慨解囊，给了我不少钱，还命令我一定要全部输掉！

　　"你瞧着，康斯坦丝。"她语调欢快，"输钱是件

非常有趣的事，更有趣的是听那些先生给我们什么做
抵押。"

"抵押?"

"是的，也就是惩罚，要迎接的挑战！我太喜欢
这类赌博了……我们会玩得很开心的！"

我们开怀大笑了大半夜，直到我一个子儿都没有
了……我笑得气都喘不过来了。

"让康斯坦丝做抵押！"男爵夫人叫道。

亲爱的闺蜜，我不知道我应不应该……写下来我
的抵押是什么，因为现在我感到有点羞愧。

沃尔夫冈没有阻止我，因为他害怕这样一来会显
得很小气，可是我们还是为抵押这件事争吵起来。离
开的时候，我有点紧张，解下胸针，放在门口。回家
路上，我累得精疲力竭，沃尔夫冈劈头盖脸地责备
我。为了让他闭嘴，我大吼着表示，自己再也不想见
到他，还重重关上了马车的门。

我毫无睡意。

天马上就要亮了，我一刻都未曾合眼。

1782年4月29日

今天上午，我又回想起昨晚的那个抵押。我输掉
了男爵夫人给我的所有的钱。我只不过让一位先生用蝴
蝶结量了量我的小腿肚。我觉得这没什么大不了的。沃
尔夫冈非常气恼，因为他声称只有风尘女子才给男人看
自己的腿。我可没做什么坏事！这只不过是一个游戏！
而且男爵夫人在一旁鼓掌叫好，我也不能驳她的面子！
可是我很后悔对沃尔夫冈讲话时态度粗暴。那些话不经
大脑思考就脱口而出了，我还对着他大吼大叫……我那
时是气疯了。如果他解除婚约，那么我就注定痛苦一辈
子了，因为我爱他，还因为我会在修道院里终老！

沃尔夫冈给我写了一封信，满满都是责备之言。
难听的批评拉开了今天的帷幕，而且他现在都对我称
呼"您"了！

非常亲爱的杰出的朋友！

请允许我继续使用这个称呼！……回想一下

您曾对我说过的话。您曾经三次推开我（尽管我
苦苦哀求），您还当面对我说您不愿意再见到我。
我和您正好相反，我无法把一片真心抛诸脑后，
我还没有气急败坏、不顾后果、疯狂到这个地步。
我太爱您了，永远不会踏出这一步。所以我请求
您仔细琢磨这件事的来龙去脉，以及我批评您态
度的原因。……没有一个正派女人会让一个浪子量
自己的小腿。……男爵夫人潇洒不羁，这是另外一
回事，毕竟她已经上了年纪（她已经引诱不了任
何人了），何况她本就是一个不循规蹈矩的女人。
我最亲爱的朋友，我希望您永远不要走上这样的
人生道路，即使您拒绝嫁给我为妻。但这都过去
了。如果您承认您的举止不当，那本可以挽回一
切，如果您没有勃然大怒，事情还有回旋余地。
您明白我有多爱您了吧！我不会对您发火，我思
考、冥想、感受。如果您也同样敏感细腻，请用
实际行动告诉我：康斯坦丝是一个知耻、体面、
谨慎的未婚妻，她永远忠诚于宽厚亲切的……

　　　　　　　　　　　　　　　　　莫扎特

我被自己的坏脾气害惨了。

要是我不回信给沃尔夫冈，我可能会因为这次分手的创伤而死。或者我会死在一座修道院里，周围净是从来没有定过亲，甚至没有爱过人的嬷嬷。

可是如果我承认让人量我的小腿肚很轻佻的话，那我就颜面扫地了。

"不。"苏菲迎合我道，"你应该告诉沃尔夫冈，你会悔过，而且他有理由感到气愤。一个好出身的姑娘不会撩起裙角，让人看到膝盖！要是老莫扎特先生听说了这件事，你的婚事就泡汤了！"

啊！我都快忘了这位老先生了……

当然，老莫扎特先生会以为我是第二个阿洛西亚：一心只想玩乐的风骚小妞，带给他儿子无穷无尽的痛苦。

可是我不愿意激怒沃尔夫冈。

我一心一意爱着他。

我也希望让他爸爸喜欢我。

我今晚就去向他道歉，但是他也要答应我永远闭口不谈这件事。

☾

深夜

好了!

我们和好如初了,但是我还是很难承认自己犯了错误……

我给南内尔绣的小帽子完工了。我会用一个漂亮的盒子装好,寄给她,再附上一张友好的字条。

她没有给我写过信,不过她从来也不给她弟弟写信。沃尔夫冈很肯定她嫉妒得要命:她是大姐,却一直没结婚。

"她原本前途光明,可后来我出生了。晴天霹雳啊!当爸爸对她说'你给我让开,把位子腾给沃尔夫冈,他会成为比你更优秀的音乐家'时,她的世界彻底崩塌了。"

1782年5月7日

沃尔夫冈完成了《后宫诱逃》的第二幕。

"我待会儿召集我的伯爵夫人和男爵夫人们来试听几个唱段，第三幕我也成竹在胸了。"

妈妈忙不迭地给假发扑粉，因为她一厢情愿地以为自己也在受邀的"男爵夫人"之列。她还不知道呢，沃尔夫冈再也受不了她了，连她的画像也令他作呕！

1782年5月25日

一系列大型音乐会将在奥格腾公园举行。我很喜欢这座由法国人设计的花园。常在那里散步的人说，有时候转过一个路口，真会以为自己身处巴黎。音乐会将在餐厅里进行。当然喽，沃尔夫冈也会上台表演。不愿意一直站着的观众可以去跳舞或到隔壁去玩桌球。

妈妈最近对沃尔夫冈特别殷勤，自从她听说他将出演多场音乐会而且日进斗金之后，便对他另眼相看了！

我们餐橱里三个可怜的银盘子和果酱罐每顿晚饭都会露脸。再贵重的餐具、再美味的食物，他都值得拥有。她甚至移动了家具的位置，让公寓看起来更宽敞些。

我们的房客偶尔也想加入谈话，可妈妈毫不留情地打断他。有些晚上，妈妈喝得酩酊大醉。昨天，她甚至穿过中国丝绸屏风，把手臂抡得团团转，她原想模仿沃尔夫冈指挥乐队的。

"瞧瞧！"她站在客厅中央大声说，"我们一家都是艺术家：我丈夫是剧院的提词人，阿洛西亚会唱歌，约瑟法有朝一日也能当歌唱家，苏菲将来会登台演戏，还有我……当当当！我能指挥乐队！"

突然，咔啦一声！她失去了平衡，整个身体穿过了屏风。看到她被卡在里面，我们的房客赶紧过去帮忙。可是妈妈恼羞成怒，用扇子狠狠地敲他的脑袋。沃尔夫冈乐开了怀，他很容易发笑。用俗话来说，就是"笑点低"。

我可不敢笑。

我总是害怕妈妈会报复。

老莫扎特先生还是音讯全无，对我们的婚事不置可否。

我再也等不及了。

1782年5月26日

沃尔夫冈在奥格腾公园的第一场音乐会大获成功。有人在观众中认出了马西米连大公爵。大公爵和大公爵夫人所到之处总能引起关注，因为我们很喜爱我们奥地利的王室。我还注意到，他的伯爵夫人们、凡·希维登男爵和其他许多重要人物都悉数到场。

1782年5月30日

歌剧的第三幕也写完了。排练应该从下周一开始，这意味着沃尔夫冈再也没有时间陪我了。他所有的时间都被排练所占据。

昨晚，他来我家吃晚饭时，我还没有擦完客厅家具上的灰尘，沃尔夫冈和约瑟法待在一起，给她看乐谱。乐谱上都是涂改的痕迹。

我的姐姐不停地向他提问。为什么这样，亲爱的沃尔夫冈？为什么那样，亲爱的沃尔夫冈？算了吧，亲爱的沃尔夫冈！我很清楚她唯一关心的就是在他的歌剧里占有一席之地……

他却好整以暇地回答每一个问题！他没看出来她只看重他分配角色的那张演员名单……

"可是，亲爱的沃尔夫冈，"她继续装模作样地问，"为什么你从来不在乐谱上完整地写下一整段音乐呢？"

"因为我太害怕我的好主意会被偷走！"

"那么为什么这些乐谱这么脏？"我也提了一个问题，想要打破他们之间让我怒气上涌的默契。

"因为我赶着来见我那坏脾气的未婚妻，我匆匆忙忙的，把乐谱掉进了泥潭里。我气极了，还把这件事写信告诉了爸爸。"

1782年6月15日

老莫扎特先生一直没有写信许可我们的婚事。我现在觉得悲剧在所难免。我会和一群嬷嬷相伴,整天喝像刷锅水一样臭烘烘的汤,睡在一袋石子上。我真想从早哭到晚,可是我很骄傲,不想让别人发现。

沃尔夫冈完全被可恶的排练缠住了,好像把我们的结婚计划忘得一干二净。他再也不提这件事了……我觉得这才最让我伤心。

另外,一想到他每天都和女歌手们待在一起,她们美妙的歌喉一定让他如痴如醉,我就心如刀绞。我了解他!我知道他的心一定会臣服于一副好嗓子……他现在快乐极了:当他自由表达他的艺术时,他的整个人生都有了意义。

1782年7月16日

《后宫诱逃》的首演已经赚了四百五十弗罗林！要是没有被安东尼奥·萨列里从中捣乱，沃尔夫冈一定会喜出望外的。萨列里策划了阴谋，想要毁了莫扎特的演出，让他声名扫地。一个宫廷作曲家做出这样的事来，实在是太无耻了。

而且很奇怪。

奇怪是因为萨列里先生也是莫扎特的狂热崇拜者。他有时候还会偷偷地去听他的音乐会！一个这么出名的音乐家怎么会想要陷害他崇拜的偶像呢？这个谜团恐怕只能用摧毁一切的嫉妒心来解释了。

晚餐前

沃尔夫冈历数他的收入，乐翻了天。

我也为他感到高兴。

"你应该为我们俩感到高兴才对！"他大笑着提醒我，"你在自言自语？从舞台幕后都能听见你的声音。"

"可惜啊，我觉得你的成功和我再也没有什么关系了……"

沃尔夫冈走近我，握住我的双手。

"嚯嚯……你还真容易气馁啊！我承认这段时间冷落你了，可是我向你保证我没有忘记你，斯坦琦。我想请你帮我一个忙。"

"你说吧……"

"再过几天，就是我姐姐的命名日了。我没时间给她写信，我很希望你能为我代劳。"

"南内尔会失望的。"我干脆地回答。

"那只好随她去了！收到来自未来弟媳妇的信，总是聊胜于无嘛！"

一听这句话，我的心里充满了欢乐。这么说，在沃尔夫冈眼里，我一直是他的未婚妻……我以为他忘记了我，迷上了某个歌剧里的女歌手。

"你真傻，我爱你啊！别再胡思乱想，折磨我们自己了。"

"你希望我在信里写什么呢？"

"告诉她十天后，为了庆祝她的命名日，我的歌剧将会为所有像她一样名叫'安娜'的人而演。"

"还有呢？"

"其他的就由你做主。可是要记住南内尔的个性可不温柔，甚至可以说是个火爆脾气！"

晚上

我开始为给南内尔的信打草稿。

我非常尊敬的朋友！

很抱歉我潦草的字迹打扰了您，不过您的命名日即将到来，所以我斗胆给您写信！……如果您能够看穿我的心思……我衷心祝愿您幸福快乐，真真正正地幸福快乐！

您忠诚的仆人和朋友

康斯坦丝·韦伯

其他部分，我就不知道该怎么措辞了，她一定会觉得我太关心她的私事。我的上帝啊！我从来没有这么害怕过会让一个人讨厌……我可以问她，她父亲的消息吗？或者问候她的小狗潘佩尔？沃尔夫冈告诉我这只猎狐梗很喜欢闻西班牙烟草的味道。它会爬到他们爸爸书房的钢琴上，当别人用糖果逗弄它时，它就用后腿站立。它还会追着一个纸团满屋子跑，用爪子把地板画出一道道印子。沃尔夫冈还声称，每当他爸爸的学生拉小提琴拉错音时，潘佩尔总会"高声狂吠"！

我满心希望这个昵称叫"南内尔"的安娜-玛

丽·莫扎特小姐屈尊回复我一句话。哦，哪怕只是一张字条也好！

1782年7月20日

昨天是歌剧第一次重演。观众都欣赏这部作品！大街小巷人人传唱，流浪乐师用小提琴拉出剧中的曲调祈求施舍。整个维也纳的花园里、小酒馆里都在高声欢唱莫扎特写的旋律。这部歌剧赢得了观众狂热的喜爱。

我们很快就有足够的钱实现我们的计划了！

1782年7月22日

我们都被酷热压垮了。上衣紧贴着我们的手臂，难受极了。约瑟法整天瘫在沙发上，她没在歌剧中露面，感到很失望，耷拉着脸吮吸着蜜渍莴苣梗从一个房间晃荡到另一个房间。她会胖成气球样的，像那个卡瓦列里一样。

我再也没有权利对我妈妈说话了。

"你本应该给你姐姐挣到一个角色，以此来表达你对我的感激之情……可是你没有！你不只愚蠢，还自私自利。"

1782年7月24日

沃尔夫冈昨天搬了家，他在位于高桥街387号的"赤沙"住下了，那里的房间更宽敞。房租贵了一点点，但是他凭借歌剧演出的收入应付涨额绰绰有余。我量了他所有窗户的尺寸，为他缝窗帘，还有给长椅沙发做靠垫。

沃尔夫冈很高兴住在这里，因为1767年时，还是个孩子的他和父母一起在这里生活过。他在这座房子里留下了美好的回忆。

我们的女仆卡特尔气喘吁吁地来到沃尔夫冈的公

寓，两手捧着纸张和乐谱。

"您母亲说莫扎特先生要把他房间里的私人物品清理干净，还让您，康斯坦丝小姐跟我回家。"

"和你回家？为什么呢？告诉妈妈我正在为我的未婚夫缝窗帘。"

卡特尔左右为难，她不敢抬眼看我们。我感到她还有所隐瞒。

"还有什么？"沃尔夫冈冷淡地问。

她啜泣起来。

"我很抱歉，先生，但是韦伯夫人要求您在这张私人物品清单上签字，因为她不想被人当作小偷。"

她递给沃尔夫冈一张收条，上面列着一长串妈妈送回的物件：九支用旧的鹅毛笔、在床底下找到的断裂的鞋扣、一沓涂改得墨迹斑斑的稿纸，还有一顶蛀了虫的假发，自从沃尔夫冈来到维也纳后，就再也没有戴过。还有一个空蛋糕盒，里面还有老鼠屎。我妈妈要求他给这些破东西签字！

"韦伯夫人不想被人当作小偷，可我也不想被人当作邋遢鬼。你去告诉你的女主人，她可以从垃圾堆里翻出这些破烂玩意，可我绝不会在上面签字的！"

卡特尔赶回"上帝之眼"，一想到将要送这样的口信带给妈妈就吓得魂不附体。我承认，亲爱的闺蜜，我也坐立难安。我就像森林里的小动物一样，预感到暴风雨即将来袭，却不知道可以在哪里避上一避。

我一直埋头缝纫，身边的沃尔夫冈安静地谱写音乐。有时候，我们相互凝视，给对方一个温柔的微笑。没有任何人来打扰，就这么静静地相依相偎，这样简单的幸福让我头晕目眩。我多么想一直这样，坐在他身边永远也不离开……

随后有人重重地敲了敲门。

苏菲进来了，因为奔跑而面红耳赤。

"快，康斯坦丝！妈妈叫了警察，要到这里来把你带回家！马上回'上帝之眼'去，不然你就要名节不保了！"

"可是我没干坏事啊，你很清楚……"

"妈妈对你们俩都很生气。看在老天爷的分上，赶快走！我们从后门出去！"

我一辈子都没有跑得这么快过，我踩在自己的裙子上，把镶边的流苏都撕裂了，我像个疯子一样跑过格拉本街，把正悠然散步的路人撞得东倒西歪。我三步并作两步爬上仆人用的楼梯，从后面的小门回到了家里。我一下子倒在床上，钻进羽绒被里。

我听到警察来了。

妈妈向他们哭诉自己只是一个手无缚鸡之力的可怜寡妇，唯一的愿望就是好好养大自己的女儿，让她们做堂堂正正的人。然后硬挤出几滴眼泪，说她的一个女儿（是个没爹没兄弟的可怜家伙），中了一个无耻粗鲁的乐师的邪术，请求他们一定要动用武力把我带回来，否则她会悲痛至死。

到了最后一幕，她展现了卓越的演技，倒在一张椅子上呻吟着："我恳求你们，先生们，把我的孩子带回来，趁现在一切还来得及，别让人利用她的天真为非作歹！"

与此同时，其中一名警察搜索房屋，把所有的门都打开：房间门、橱柜门甚至小书房的门。当他走进我的房间时，他伸手晃动我的肩膀。

"您叫什么名字？"

我眨了眨眼，好像一个盲人突然恢复了视力。

"康斯坦丝·韦伯，警察先生！"

三个警察狠狠责备了母亲谎报事实，让他们白跑了一趟。我在被子里发着抖。妈妈不愿意打我的时候有旁人见证，所以一言不发地关上了门。

1782年7月27日

妈妈挑明了，她绝不会在任何丑闻面前退缩，一定要让人知道我们家族的名誉不是儿戏。她自己的所作所为却很不光彩：她总是把女儿当货物出售。

沃尔夫冈写信给他爸爸，信今天发出了。

我亲爱的了不起的爸爸！

我请求您准许我和我亲爱的康斯坦丝结婚。……我的心狂烈跳动，我的灵魂躁动不安。大多数人都以为我们已经结婚了，她母亲气急败坏，可怜的姑娘快被虐待死了，我也和她差不多。有一个很容易的补救方法。……我焦急地等待您的准许。……这和我的幸福以及我的安宁息息相关。您的儿子和他的未婚妻，我们渴望拥抱您，别让这幸福的一刻拖延太久。我亲吻您的手一千遍，我永远是您听话的儿子。

沃·阿·莫扎特

附言：我热情地拥抱我亲爱的姐姐。我的康斯坦丝赞美你们俩。再见。

1782年7月31日

老莫扎特的信今天早上到了：没有一个字是关于我的，也没有一行字提到我们的婚事。沃尔夫冈声称当他被我姐姐阿洛西亚迷得神魂颠倒的时候，他父亲也表达了同样静默的蔑视。他父亲用他高傲的绝口不提来向儿子表明自己的反对态度。而儿子屈服了，服从了父亲的意愿。沃尔夫冈明白（在那之后很久）我姐姐生性轻浮，和她在一起不会幸福。可我和阿洛西亚不一样，我真诚善良。我们彼此衷心相爱。

1782年8月2日

　　我们做了一件壮举。我们前往位于宝尊堂的德亚底安修会做忏悔，阿西西的圣方济曾经在那里领悟自己的毕生事业。所有在8月2日前往该教堂朝圣的人都能够请求教皇施恩，教皇会同意他们的一项请求，作为他们特地在这个独一无二的日子朝圣的奖赏。

　　那么沃尔夫冈打算祈求什么呢？他会想要赶快把我关进一座修道院，好摆脱他的誓言吗？他希望教皇宽恕他什么呢？

　　我不喜欢他脸上那种耍弄阴谋的表情。我很清楚地感受到他在密谋什么……可是他不愿意告诉我。一路上，他一直不停地在乐谱上写写画画。他把脑袋枕在我膝盖上睡了片刻，那模样就像一个玩累了的孩子。

夜晚

妈妈和姐妹们去看戏了，沃尔夫冈在客厅里像个演员一样一边踱步一边背台词。我待在厨房里，因为我不敢问他我的命运将会如何。我情愿晚些知道留给我的是什么样的结局。

"瞧瞧，读读这段！"他挥舞着一封信对我说，"我们请求亲爱的瓦尔德施泰登夫人给我们出出主意。"

非常尊敬的男爵夫人！

韦伯夫人派女仆来归还了我的乐谱，并让我留下字据。然后有人通风报信说，韦伯夫人处心积虑想让警察来抓她的女儿。警察真的能随意进出所有人的家？……我不希望让我心爱的人受到此等羞辱。我请求您为我出谋划策，帮帮我们这两个可怜的小鬼吧。

我亲吻您的手一千遍。

> 您最忠诚的仆人
>
> 沃·阿·莫扎特

❀

1782年8月3日

瓦尔德施泰登男爵夫人派人给我送来一个神秘的包裹,里面还附了一张字条:

> 明天十一点穿上这件衣服,等我的随从来接您。没到时间千万不要打开包裹。

我当然忍不住想要立即打开这个该死的盒子。

"男爵夫人送来了一件修女袍?"妈妈讽刺道,"那可太好了,帮我省钱了。"

我把所有的东西都整理好，在我内心深处，我知道我再也不会睡在这间房间里了。从明天开始，妈妈会命令卡特尔擦洗地板，把我的痕迹清理得一干二净。我向墙上挂毯上的小人儿们道别，久久地抚摸着衣橱上的铜把手，然后把蚂蚁卵撒在窗台上，等我的金丝雀飞来啄咬，以便最后一次细细打量它。去修道院可不能带上它。我会央求苏菲悉心照料它。

我的离开会让妈妈又增加一笔收入：从明天起，她又多一个房间可以出租了！

1782年8月4日

上午十点多，我颤抖地打开男爵夫人的盒子，我以为里面会是一件丑陋的修女袍。可是恰恰相反！是一件棕褐色的漂亮衣服，上面点缀有金星和花边，它折叠得整整齐齐，上面还有一个小匣子。匣子里面是那晚她给我的红宝石珍珠胸针，旁边有一张字条：

珠宝更衬年轻的皮肤。请接受它，作为老朋

友的纪念！

她的随从大概会来接我去她家赴宴，座上宾客还是那些量过我小腿肚的先生。时间一到，她的马车就停在了妈妈窗下，马蹄跺地，铃声不绝于耳。我穿上这件庄严的裙子下了楼，一心以为会被送到她家，也就是利奥波德城360号。可结果出乎我的意料！马匹停在了维也纳市中心的斯特凡大教堂门前。当我从马车上下来，小心翼翼地不要弄坏华贵的裙子时，瓦尔德施泰登男爵夫人竟从教堂出来迎接我。她紧紧地拥抱了我。

我的监护人也从里面出来，伸出双臂拥抱我。我想，这大概是我被关进修道院之前的最后一个贴面礼了。然后他把我一把推进了门里，在从玻璃花窗洒下的逆光中，我认出了在祭坛旁等待着我的沃尔夫冈的身影。

我一看到他，热泪汩汩流下。

另一辆马车把妈妈和苏菲接来了。苏菲跑过来拥抱了我和沃尔夫冈。我的监护人把头探出门来，让我们不要再让神父久等了。

哦，上帝啊！我走在这座庄严教堂的甬道上，耳边响起管风琴温柔的乐音。

我跪倒在地，低声问我的未婚夫。

"这是不是意味着你父亲终于同意了？"

"完全没有！我父亲一直没有回复。可我们是天生一对，这是上帝一手安排的，他会为我们分忧的。"

然后管风琴停止了演奏。

神父让我祈祷，无论他问我什么，我都回答"是，我愿意"。然后，他拿起我们俩握着的手，用绶带包裹住，祝福我们的结合。我喜极而泣。

沃尔夫冈也哽咽起来。

男爵夫人受我们感染，开始吸鼻子，我的监护人也在抹眼泪，神父大声地擤鼻涕。所有人都哭了。

沃尔夫冈喃喃道："我会写信告诉父亲大家都为我们高兴，对我来说这就是福祉降临的征兆。"

亲爱的闺蜜，你明白我有多么快乐吗？

我结婚了！

从此之后，大家得叫我"康斯坦丝·莫扎特夫人"了。我在上帝面前嫁给了我的芳心选中的人。

"也是时候了！"妈妈说，"莫扎特一年前就签好合同了！"

我们的好仙女，马尔塔·瓦尔德施泰登男爵夫人为我们筹办了一场婚宴。所有到场的人都受邀赴宴，包括我妈妈和我妹妹苏菲。我们尝到了最美味的德国风味：熏牛舌、生蚝、香肠和土豆丸子。仆人们用蜜饯和干果装满了大盘子，法国红酒从大理石喷泉里满溢而出。一个十六人组成的小乐团演奏着沃尔夫冈的作品。

我不时看看我母亲。哦！没人能想象出她在饭桌上的陋习让我多么恶心。她讲话的时候嘴里满满都是食物，唾沫星子飞溅到邻座的盘子里。她不是夸大其词，就是口出恶言：她自称是医生和贵族的朋友。对每个人都要攻击一番，没人在听她说话。大家都对她翻白眼，人人都讨厌她。

最后，我妈妈想要赞美男爵夫人，她站起来时脚步踉跄。我猜她吃饭前一定是喝多了香槟。

"男爵夫人，这场婚宴不是男爵级别的，简直有王家风范！"

"我听了您的赞美真是受宠若惊。可要是警察听了您的话，莫扎特现在就该蹲监狱了！"

"吞下去！"沃尔夫冈举起酒杯，为我妈妈的健康祝酒。

没有什么可以熄灭我的幸福；现在我什么都不在乎了。我嫁人了。我再也不用忍受赛西莉亚·韦伯的怒火了。

"从今往后，大家可以在沙龙里对你行吻手礼！"沃尔夫冈快乐地补充道。

男爵夫人派了两个仆人去拿我的行李。其实派一人去就够了，我的东西少得可怜。但是男爵夫人想要镇镇我母亲。她下令所有东西都送到沃尔夫冈在"赤沙"的家里去。

"是我们家！"我丈夫纠正道。

我妈妈站起来。

"苏菲、康斯坦丝！是时候向大家告别，回'上帝之眼'去了。"

大家一片静默，连银餐具碰擦精致的瓷盘子或裙裾窸窣的声音都听不到了。死一般的静默充斥着整个大厅……似乎连钟声都害怕我妈妈！沃尔夫冈也站起来，举起斟满香槟的酒杯，冷冷地看着他的岳母。

"我的妻子绝不会回到'上帝之眼'，哪怕再住一晚！她现在是莫扎特夫人，她应该待在丈夫身边。"

四五个人鼓起掌来。我不知道是谁，因为我不敢抬眼看。

过了一会儿，我们离开了，男爵夫人再一次派马车送我们回家。

我一辈子都会记得她的善良和她为我们做的一切。我怀疑要不是她从中斡旋，沃尔夫冈到底有没有勇气娶我为妻。

❀

1782年8月7日

写在一本新本子上

我公公的许可在我们婚礼的次日送达了！我不知

175

道沃尔夫冈是告诉他父亲我们没有等他允许就结婚了呢，还是保守了这个小秘密？

"瓦尔德施泰登夫人写了一封长信给我父亲，告诉了他这个消息。因为爸爸很害怕会得罪贵族老爷，所以他绝不会让一位真正的男爵夫人下不来台的！"

夜晚

我们去接我的金丝雀。

"我发现它的嗓音里有些有意思的音符。"沃尔夫冈说，"你母亲真的会把它饿死的！"

我还不知道应该把它的小笼子挂在哪里。不能挂在我们的房间里，它天一亮就唱个不停！

1782年8月16日

我母亲希望我们住在她那里，但是沃尔夫冈坚决地回绝了。在我内心深处，我很清楚我母亲只是为了每月向我们索取一大笔租金，才邀请我们回去住的。

"我的妻子绝不能再干仆人的活了，她的姐妹们和母亲都不能再使唤她。我很清楚如果我们住在那个坏女人家里会有怎样的灾难。"

我们再也没有提起过这件事。

沃尔夫冈很喜欢说法语，他甚至想写一部法语歌剧。

"或者英语的也行。"有一天上午他手肘撑在桌球台上，快速写着音符，"所以我在上英语课。英国宫廷在找新作曲家。你看我们去伦敦待一阵子怎么样？"

我像个孩子一样狂拍手。多美好啊！我喜欢换换环境。

1782年9月1日

我有半个月没有给你写了：我很难过和你失去了联系，亲爱的闺蜜！男爵夫人让人把我所有的行李送过来那天,她的仆人把盒子和包袋都堆在我们小房间的一角。从那天起,我就不敢翻找,害怕那堆东西会倒下来,而且每次我想写点什么的时候,看到沃尔夫冈在睡觉,我就担心会吵醒他。

终于有一天,沃尔夫冈和我一起找一张少掉的乐谱,我们利用这个机会把这堆乱糟糟的东西翻了个底朝天,我这才找到了你,亲爱的闺蜜!

我的新婚生活让我充满了喜悦。你想听我说说我的日子是怎么过的吗?哦!你可能会觉得有点太奔波了,但是我很享受这种忙碌。

上午,我们很早就起床了。沃尔夫冈的理发师总是六点到(我没能让他改变这个习惯)。等他帮沃尔夫冈梳完头,我也顺便请他给我整理整理造型。他给我出了很多点子,教我怎么让现在流行的高发髻持久耸立。脑袋上还可以想放什么就放什么:一艘轮船模型,甚至整个家禽尾巴。不过我可不敢,我的发型总是一成不变,但是我很喜欢给头发扑不同颜色的粉,来搭配我的蝴蝶结。

七点左右理发师离开,我们开始吃早饭。沃尔夫

冈喜欢吃鸡和其他烤肉。我更喜欢像苹果和李子这样
的水果。然后我的丈夫（我真爱说"我的丈夫"）写
乐谱写到中午。十二点半时，他的肚子咕咕叫，我们
就再吃一顿更扎实的饭，我们的"午餐"。这顿饭总
是热乎乎的，而且极其丰盛，沃尔夫冈吃完后会休息
一小会儿。哪怕我们在说话，他也会独自闭上眼睛，
然后……

然后他沉浸在音乐的梦幻和天堂般的花园里。要
是我想让他高兴高兴，就用古龙水给他擦脚。随后他
会像只小熊一样打上一小时呼噜。

接下来他给学生上音乐课（他的伯爵夫人、男爵
夫人、女歌手）。沃尔夫冈喜欢下午上课，因为他用
早上来写作，那时他的"脑筋还相当清楚"。有时候，
他那些富有的学生会让他在没有暖气的门口等上好几
个小时（不过现在正是盛夏），等男仆领他进客厅时，
沃尔夫冈的手指往往都冻僵了，而且因为受了轻视而
脑子嗡嗡作响。他告诉我，他会给他们写非常难演奏
的乐曲作为报复。如果他真的气急了，甚至会纵容自
己和他们理论两句，让他们知道钱不是万能的。沃尔

夫冈无法忍受权贵的傲慢。他向自己发誓有朝一日要写一部歌剧，讲一个小伯爵是怎么被自己的仆人教训了一顿的。

"音乐是一种艺术，它需要一种无法由出身赋予的高贵。他们的抱怨对我无关痛痒，但是我们需要他们的钱！"

的确，贵族老爷夫人对老百姓很不客气：沃尔夫冈被他们的财富吸引，却很反感他们志得意满的态度。我想他其实很想咬那些手，却不得不去吻它们。

当沃尔夫冈终于结束最后一节课后，我们就琢磨怎么来度过夜晚。有时候，男爵夫人或伯爵夫人会让私人乐团或在朋友间举办小音乐会。我的莫扎特就非加入不可！当然我也会去，可是我会待在一个不起眼的小角落里，因为我没有在受邀之列。

如果沃尔夫冈晚上没有音乐会，我们就买票去舞会或去看戏。我们事先吃好晚饭，晚上的舞会啊，可不能空着肚子跳上大半夜！俗话说得好："晚饭十分饱，必定死得早。"有些晚上却恰恰相反！我们吃很多，连皮带扣都撑开了。像疯子一样跳了一晚上舞之后，我们倒在大床上，经常手拉着手睡着，而一个小时之后理发师就来敲门了。这是多么美妙的生活啊！

我一辈子从来没有见过这么多庆典和乐子。我从早到晚都很快乐！

1782年9月9日

我真想要一个孩子。

男爵夫人建议我去圣地买一只蛋，还要每天都吃很多。不然就要喝一种用小狗尾巴做的汤。

我不喜欢这些神神道道的东西。我还是多吃点生鸡蛋吧！

1782年9月16日

为了不显得寒碜，我们在置办衣服上花了很多钱。我们不能衣衫褴褛，皇帝陛下正在为他的侄女找音乐老师。

沃尔夫冈希望中选，如果符腾堡的伊丽莎白公主挑中了我丈夫，那我们每年就会增加四百弗罗林的收入，多开心啊！可是要应征这个职位，服饰一定要簇新时尚……

沃尔夫冈看中了一件漂亮的红色燕尾服，而我呢，我想要一条裙子和一件美丽的浅绿色上衣，上面绣着小十字架和常春藤。我从来不敢明说我想要什么东西，因为我害怕别人说我花钱大手大脚，又爱卖俏撒娇。可是我实在可以说是不修边幅了！

我的公公写信来，说希望我"不要像韦伯家的人那样，否则我儿子就倒大霉了"。

我亲爱的公公，您不用担心这点。我既不浮华也不轻佻。我会唱歌，但是只为我的丈夫亮嗓。我会下厨，但是他不在家我绝不会宴客。我会说话，但也知道在适当的时候闭嘴。我会让您喜欢我的，亲爱的公公。我已经在心里把你当成自己的爸爸一样，尊敬你、敬畏你、珍爱你。

男爵夫人为我置办新衣出了很多好点子。

"我们瞧瞧。"她从头到脚打量我，"你不太高，不过还是能穿条纹和大袖子的衣服。记得要露出一部分胸部，不把上天赐给你的漂亮礼物给别人看那就太可惜了。"

我收到一些《时尚屋》杂志，为我指点迷津，告诉我该如何模仿法国女人和英国女人的穿着（当然比她们晚上好几个月）。我听从这些建议，我们的好男爵夫人真是个中翘楚，对诱惑、时尚和布料都很有心得！

我想先给自己做一身枯叶色的简单裙子，宽袖子上面镶着精致的刺绣，松鼠皮毛领子是可拆卸的，天气好的时候就拿下来。我一直想要一条变幻莫测的塔夫绸裙子，这种布料会随着光线变换颜色。我想用它来搭配紧身胸衣。大家都对紧身胸衣不太感冒，可我觉得穿上它就能在长时间的酒会中保持身材挺直，因为有一根硬邦邦的铁杆从胸口下面一直延伸到腰部以下。紧身胸衣有点像酷刑工具，逼我们挺直腰杆。

美丽难道不是要付出代价的吗？

1782年9月20日

我不得不拔掉一颗牙。我害怕极了！亲爱的闺蜜，你无法想象这对我来说意味着怎样的折磨。

拔牙人还没碰到我，我就想拔腿开溜了。上一次我坐在那张椅子上，哪怕旁边有乐队演奏音乐掩盖我的叫喊声，周围的路人还是停下来，对着我哈哈大笑。拔牙人给围观的人看那把大钳子，然后一下子塞进我的嘴里。我都吓傻了。

你想想我星期天还要再去！

"到时候我会为这个场面写一首咏叹调！"沃尔夫冈对任何事都能找出乐子来。

1782年9月22日

沃尔夫冈整天都在排练：练习说英语，练习说法语，还要排练作品。我也在一边旁听，因为我不想在博学的丈夫身边显得很无知。我们会一起唱歌来取乐。他的男高音说话比唱歌还要温柔动听。天已经渐渐冷了下来。我们不得不在厨房里生壁炉，沃尔夫冈拿着羽毛笔的手指都冻僵了。

他想在我们的公寓里举办一场舞会。可是我们的房间实在太小了！我们必须租隔壁的房间和走廊。可是乐队在这个房间里演奏，别的房间就听不到，这岂不是很愚蠢！再说维也纳人喜欢在响亮的音乐伴奏下跳舞。

1782年10月2日

今天上午，我感到很虚弱。我心口疼，头还有点晕。我觉得家具都在转动。沃尔夫冈找了医生来，他是个长着一把大胡子的老先生，手指细细长长。他一言不发地为我做了很长时间的检查，然后把工具都收回褐色皮包里。

"我的小家伙,您一点都没病。"他平静地说。

"可是大夫,我向您保证今天早上我看到什么都想吐……"

他微笑着看着我。

"您怀孕了,莫扎特夫人。这不是病,这是肚子里有了。"

我听到这个消息在床上坐了起来,精神为之一振。

"您……您确定吗?"

"百分百确定!您要减少活动,多休息休息。"

我跑过去扑到沃尔夫冈的怀里。一个孩子!我们要有孩子了!我高兴极了!

❀

1782年10月7日

沃尔夫冈当不成公主的老师了,皇帝陛下选了另外一个乐师。沃尔夫冈垂头丧气，失望极了，可是他只字不提。萨列里和他的乐队在皇帝面前进谗言，说莫扎特会非礼他的侄女，所以给她指定了一个没那么"危险"的老教授。

"现在既不能去英国也不能去法国了，旅途奔波会让我丢掉孩子。我们再也不提这件事了。"

夜晚的思绪

出于同样的顾虑，我觉得连去萨尔茨堡的旅行都不得不取消了。我会等到孩子降生再去见我的公公和大姑子。

1782年10月8日

我已经把这本本子几乎都涂满了。可怜的闺蜜，你肯定以为我抛弃你了！可是我现在已经嫁了人，还处于怀孕中。我的时间变少了，也没有那么多秘密可以分享了，因为我现在（几乎）所有的话都和我丈夫说。我不想向他隐瞒任何事。

而且，沃尔夫冈是个嫉妒心很强的人，他还会翻我的东西，所以把秘密写在本子里也无济于事，因为他肯定会找到，还会迫不及待地阅读！

我们正在找新房子，因为宝宝要出生了，我们需要一间更大的公寓。我算了算预产期，应该是1783年6月。

当我们对命运别无所求时，时间过得多快啊！

《后宫诱逃》又重演了。沃尔夫冈会在俄国大公面前指挥乐队。我很想去出席，可是我害怕剧场的汗味和我们头顶的蜡烛太热，会让我不舒服。在亲王面前呕吐可太不雅观了！

1782年11月14日

我每天都想喝啤酒、吃淡菜。沃尔夫冈为我花了很多钱：一个老疯子说服他说，如果我一直想吃淡菜却吃不到的话，那我未来的孩子就会有个淡菜一样的脑袋。所以我想吃多少，就该给我多少！

　　沃尔夫冈认识了一个才华横溢又谦逊低调的作曲家。我们请他来吃晚饭。他叫约瑟夫·海顿。

1782年11月30日

　　我们和沃尔夫冈的新朋友一起吃了晚饭。约瑟夫·海顿给我们讲了他妻子和他的恶作剧,让我们开怀大笑。他叫她"地狱的野兽"。然后,我们手忙脚乱了一会儿,因为他开始流鼻血了。

　　"别为我担心,"他轻声说,"我习惯了。"

　　沃尔夫冈让他躺在我们床上,我们在他身边照顾他。约瑟夫·海顿告诉我们他想去伦敦待上一阵。沃尔夫冈很为他的朋友高兴,可是也很遗憾他将离开维也纳。虽然他们相差二十四岁,关系却很亲密,并且彼此尊敬。

　　今晚,约瑟夫·海顿非常严肃地低语:"我作为一个正派人,在上帝的见证下对你说这句话:你是我耳闻和亲眼所见的人里最伟大的作曲家,你有最了不起的作曲才华。"

然后他小睡了一会儿。沃尔夫冈和我都不敢移动，怕吵醒他。

✿

1782年12月

我母亲对我态度有所改善。我们很少见到她。她每次见我们都心花怒放。现在妈妈变得那么友好，真是我生活中的重要变化。

沃尔夫冈写信给他父亲，请求他答应做我们第一个孩子的教父。我们为孩子选好了名字：如果是男孩就叫利奥波德，如果是女孩就叫利奥波尔蒂娜。

啊！我差点忘了，我们搬好家了。

我不是很喜欢现在的公寓，因为光线不足，可是沃尔夫冈说窗户大的房间很不暖和。天花板上装饰着一圈做鬼脸的小胖天使，让我想起教堂里可怕的怪兽雕塑。

"我们的孩子睡在这个古怪的天花板下面会做噩梦的。"

"我的斯坦琦，别激动。我们会搬走的。"

"还要搬？"

"是啊，还要搬！我们马上就会有足够多的钱，你想租什么房子就租什么房子。剧院老板委托我写第二部歌剧了！"

一部新歌剧！这是无上的荣耀！掌声雷动！还有很多弗罗林！

皇帝陛下犹豫不决，不知道该要一部德语歌剧还是意大利语歌剧。最后，他选了后者。他还指定沃尔夫冈写曲子！这可比教他的侄女有意思多了！他迫不及待想要开始，但必须先要拿到歌剧剧本。

谁能给他写一个好故事呢？那些歌剧剧本作者都喜欢信口开河：他们承诺某天交出稿子来，可是过了半年连一行都没写。

沃尔夫冈离开科洛雷多采邑总主教时屁股上挨的那一记让他羞辱万分，他梦想能写出一部歌剧来，一雪前耻。

我们的男爵夫人和伯爵夫人为沃尔夫冈·莫扎特举办各种各样的音乐晚会。我真为他、为他的音乐和四处得到的赞美而感到骄傲。可是掌声和赞美不能当饭吃。时间越来越紧迫了：我们要赚钱养活多出来的一张嘴。我会喂奶，这样更省钱，而且孩子会变得更茁壮。

"我不希望你亲自给我们的孩子喂奶。他应该和我一样，用巴旦杏仁糖浆来喂。我们要找一个奶妈，像我妈妈一样照顾孩子。"沃尔夫冈回答我。

太可怕了！巴丹杏仁糖浆很难吃，而且这套老规矩早就过时了。先要把苦杏仁和甜杏仁都在钵里碾碎，然后用水浸湿，放同样多的糖，把这锅酸溜溜的糊糊放在一口大罐子里，再埋进灰烬中。等它溢出罐子，就说明煮熟了。凉一凉喂给孩子吃，当心不要烫到他们的喉咙，那味道臭不可闻。

我妈妈给我们的孩子缝了几件小衣服。我都认不

出我妈来了！我为这变化感到高兴，可是我总是害怕
她恢复本性。

1782年12月30日

　　亲爱的闺蜜，我现在写得很短，而且也没有过去
写得那么频繁了，因为家里地方快要不够用了……
　　老莫扎特没有回复我们请求他做教父的信。他漠
不关心的态度让我很痛苦，我昨天吃晚饭时在我们客
人面前哭了很久。约瑟夫·海顿温柔地拍拍我的手。
韦茨拉尔的雷蒙德男爵很同情我的悲伤心情，自告奋
勇地表示愿意当我们孩子的教父。莫扎特家的长孙就
要叫雷蒙德了，而不是利奥波德！

1782年12月31日

　　沃尔夫冈写完了第一首献给亲爱的约瑟夫·海顿
的四重奏。他从来没有对别的作曲家表现出这么高的
崇敬。有时候，沃尔夫冈谈到这位亲爱的朋友时，会

193

叫他"我的好爸爸海顿"。

"亲爱的，你会在今晚送给他吗？"

"当然不！我想给他写六首四重奏，然后一起送给他。"

"我都有点嫉妒了。你什么都没有为我写过！"

他狡黠地看着我。

"你呀，我有其他惊喜留给你：我会在你分娩的时候写一首四重奏。"

"真蠢！为什么你要对我做这样的事？"

"我敢肯定你会大吼大叫的，你一叫起来我的灵感就源源不断了。"

"利用女人的叫喊来写曲子，也未免太可恶了！"

"恰恰相反，我的小心肝，这是向你的痛苦致敬。而且……我也开始写《大弥撒曲》了，我想让你来唱。"

"你疯了！"

"我是有点疯，可是你会唱我的《大弥撒曲》的，等到我们去萨尔茨堡，你在我爸爸和我姐姐面前唱。"

"那我一定会很害怕！我感到他们还没见到我就

已经讨厌我了。"

"你真是太固执了，斯坦琦！我们等孩子一出生就出发去萨尔茨堡。"

1783年6月16日

大约上午10点

我觉得我的宝宝马上就要出生了。今天早上我请人送来了一把专门用于生产的椅子，因为我们的邻居有这样一把很舒服的椅子。幸好我们不是可怜的法国王后，不用没羞没臊地当众分娩。

在我们奥地利，自从十六世纪开始，女人就是坐着生孩子的，我们坐在一把专用的椅子上，椅子上还有柔软的织物和小脚炉。

接生婆建议我大叫，哪怕我一点也不疼，因为听说叫喊能够使上力气。

哦！啊！啊！我感到今天会出什么大事，我的手指都肿起来了，双腿也麻了。我要躺一会儿，等沃尔夫冈回家。

1783年6月18日

　　沃尔夫冈想写一些话给我的闺蜜，我给他腾了一小块地方。

　　昨天早上六点半，我亲爱的妻子很幸运地生下了一个大胖儿子，他像皮球一样圆滚滚的，而且很结实。凌晨一点半的时候，阵痛开始了，我们俩一整夜都没能合眼！四点钟时，我派人去找我的岳母，还有接生婆。早上六点，康斯坦丝坐上了那把接生椅，半个小时过后，就都结束了。

　　我的岳母幡然醒悟，想补偿之前对女儿犯下的错误，她整天都陪伴着她。……不管我妻子有没有奶，我都下定决心不让她喂奶，可是我的孩子也不应该喝别人的奶！我原本打算用巴丹杏仁糖浆养大他，像我和我姐姐一样。我的岳母和接生婆苦苦哀求我不要这么做，因为这里没有人知道怎么做这种东西。所以我只好让步了，免得将来背黑锅。

沃·阿·莫扎特

1783年7月16日

沃尔夫冈还真的说得出做得到，他谱写了一支弦乐四重奏，里面用柔和的小提琴模仿我的尖叫声。他很得意，声称他会把这首曲子献给约瑟夫·海顿，一定会让他大为赞赏。

我可不喜欢这个主意，我觉得好像整个维也纳都在偷窥我。

我还是十分疲劳。可是我睡很多，和我的小雷蒙一样嗜睡……

1783年7月22日

我们找到一个奶妈，她应承在我们去萨尔茨堡期间照顾小雷蒙。一想到要和我的孩子分别，我就心如刀绞，他还那么小！他还那么柔弱！

沃尔夫冈很高兴终于可以再次见到他的父亲、姐姐和朋友们了。不过他也担心科洛雷多采邑总主教会因为他去年辞职而把他扔进监狱。

我还不知道我们哪天出发。天气非常热，整天乘坐马车可不是什么舒服的事，裙子会粘在屁股上，尘埃也会迷住眼睛。

❋

1783年7月末

亲爱的闺蜜：

这是出发前的最后一篇日记。马已经在院子里整装待发，我可以听到它们的蹄子敲击铺地石砖的声响。我们的行李绑在了马车车顶上。我感到漏了一半我本想装箱的东西。要是我带的裙子太少，南内尔会以为我很可怜，可要是我带的太多，我的公公会觉得我太风骚。

橱柜都搬空了，我们为了不要招蚂蚁，把果酱移到了地窖里。沃尔夫冈小心翼翼地用一块羊毛毯盖住了钢琴，防止温度变化导致走音。我们的小雷蒙今晚将第一次在一个陌生女人的臂弯里入睡。沃尔夫冈觉得奶妈很善良干净，他觉得我们可以信任她。我很难过这一走有好几个星期看不到我的小宝贝了。

我的上帝！接下来有好几个小时都得坐在马车里，硬邦邦的坐垫简直能把人的屁股坐裂，而且一路上无所事事也会显得很无聊。沃尔夫冈比我幸运，他小时候经常旅行，他很善于在马车上写曲子，不会受到颠簸的干扰。他带了很多乐谱纸，继续谱写《大弥撒曲》，他说一定要让我来唱。

好吧，我马上要关上我们公寓的门，快步跑向我的命运了。

我的脑子里乱纷纷的，既高兴马上就要出发了，又担心会失望。还有这首折磨我的弥撒曲……

"相信我，斯坦琦。你一开嗓就会名震天下，整个奥地利都会记住你！"

尾声

1842年1月5日

哦，真高兴又找回了你，亲爱的闺蜜！

我找你找得好辛苦……因为我们一直不停地搬家，我不知道花了多少时间翻箱倒柜才把你找到。不知道有多少年的喜怒哀乐没有能够和你分享。你天鹅绒般的纸张仿佛温柔的抚摸，掠过我长满皱纹的脸颊。

我现在八十岁了，我的手在颤抖。

我多么想告诉你生活赐予了我什么，又夺走了我什么。可是在这仅剩的纸上真是一言难尽啊！我们出发去萨尔茨堡后我就再也没有给你写过东西。我记得那次旅行无聊极了。我一走出风尘仆仆的马车，我的公公利奥波德和大姑子南内尔马上就讨厌起了我。

我非常失望，我多么想念父亲般的拥抱。沃尔夫冈安慰我，他反复说等他们听完我唱歌，就会回心转意的。

我真的在全城人面前唱了他的弥撒曲。沃尔夫冈为我感到骄傲，可是这没有平息我婆家的敌意。唉，屋漏偏逢连夜雨，我们的小雷蒙在奶妈家死了，因为她喂他喝一种苦苹果汁。我们回到维也纳的时候心都碎了。于是我忘了你，我可怜的闺蜜，我把你遗忘在旧家具的一角。可是我心如刀割！我再也没有力气把这场悲剧写下来，我的青春年华都用在了祈祷和眼泪上。上帝没有放弃我们，我们在1784年生下了第二个孩子。

他叫卡尔。

沃尔夫冈让我按自己的方法来喂养孩子，可是他亦步亦趋地监视着孩子的食谱！他担心学校鱼龙混杂，所以想亲自教导我们的孩子。

现在我笑了。

我和你提起那段被祝福的岁月，一个人笑了。9月的一天上午，我发现沃尔夫冈偷偷去了学校，没有通知我就带上了卡尔，为了"和他单独在一起"。他们一起偷得浮生半日闲，演奏音乐，在小酒馆吃午饭，然后挤在卡尔局促的小床上睡了一个长长的午觉。

沃尔夫冈一直没有忘记采邑总主教科洛雷多的厨师长阿尔科伯爵曾经踢过他的屁股，他念念不忘要报这一脚之仇。他苦思冥想怎么报仇的同时，也谱写了大量协奏曲。他很爱逗观众高兴，无论台下有多少人，是不是豪门贵胄，他从来不会拒绝即兴表演的要求。终于有一天，他想到了一个报仇的点子："我要写一出歌剧，揭露贵族是怎么压迫仆人的！"

一个名叫博马舍的人曾写过一部轰动法国的戏剧：《费加罗的婚礼》。但这出戏在奥地利被禁演，因为它鼓励人民反抗。可是沃尔夫冈从来不拿禁令当回事，越不让他干，他越要硬干！他创作了美妙的意大利歌剧《费加罗的婚礼》，每个音符都带来触手可及的欢欣快乐。我们在私人排练时一起演唱，还为他即将到来的成功干杯，我甚至建议他雇一个十二岁的小歌女，来担任巴贝琳娜的角色！我们享受我们的爱

情，有时候为了债台高筑和疾病缠身而泄气，有时候
又因奢华节庆和来自四面八方的赞赏而激动万分。有
些晚上，演出长达四个多小时，因为观众不断要求
返场。

哦！我万万没有想到，命运在我们结婚仅仅九年
时就把我的沃尔夫冈带走了……

想 知 道 更 多

他们后来怎么样了？

沃尔夫冈·莫扎特的天才收获了掌声，也引来
批评。他调皮的个性激怒了对手们，他们千方百计地
出卖他。莫扎特夫妇经常搬家，有时候居住在华屋大
厦，有时候屈居于简陋斗室。莫扎特为了谱写最后三
部作品倾尽心力：他花了不到三个月时间就写出了
《铁托的仁慈》，其后又创作了《魔笛》，最后应名不
见经传的瓦尔塞根伯爵之邀，写下《安魂曲》。1791
年，欧洲的剧院和管弦乐队终于承认他音乐的价值，
支付他高昂的薪水。不幸的是，他的手脚肿胀得越来
越厉害。虽然四肢无力，卧病在床，他还是竭力想完
成《安魂曲》。1791 年 11 月 20 日，沃尔夫冈的身体
每况愈下，康斯坦丝不得不请医生来问诊。"现在我
终于能让你和孩子过上好日子了，却眼看着要撒手人

衾。啊！我死后要让你们受苦了……"他于 1791 年
12 月 5 日逝世，年仅 35 岁 11 个月，给妻子留下大笔
债务、两个孤儿和 626 部闻名遐迩的杰作。

29 岁的康斯坦丝不得不挑起重担，抚养两个儿
子：7 岁的卡尔和 4 个月的弗朗兹-格扎维。有人责备
她没有参加莫扎特的葬礼，可这是当时的法律明令禁
止的。约瑟夫·海顿曾给她写过一封信，信中说他
在圣诞节得知好友死讯后哭了整整一夜。为了偿还债
务，皇帝建议康斯坦丝重新登台演出，并承诺将演出
所得悉数给她。她对莫扎特念念不忘，也影响了两个
孩子。卡尔心痛地回忆，他曾经在夜里陪伴母亲去墓
地，用双手挖土，寻找莫扎特的遗骨。

后来为了躲避拿破仑一世的铁蹄进犯，康斯坦丝
改嫁给了一个丹麦外交官。外交官与其说是因为爱情
与她结合，倒不如说是出于友爱而伸出援手。他们在
战时逃往丹麦。等到奥地利战乱平息后，康斯坦丝渴
望重回故地，于是搬到了……萨尔茨堡，与南内尔为
邻，虽然后者一直对她恨之入骨！

康斯坦丝和她的丈夫开始撰写莫扎特的第一部传

记，招待来自世界各地的音乐学生和乐队指挥。康斯坦丝将毕生最后的精力用于心底最珍贵的愿望："希望我的莫扎特能回到萨尔茨堡，如英雄一般凯旋！"她终年80岁，在她去世后几个星期，莫扎特英姿勃发的雕像揭幕了。出席揭幕典礼的有奥地利皇帝、玛丽·露易丝皇后（拿破仑的妻子）、昂古莱姆公爵夫人（玛丽·安托瓦内特的女儿）、莫扎特的两个儿子以及苏菲。

赛西莉亚·韦伯虽然是一个糟糕的母亲，却是一个出色的外婆，从康斯坦丝的第一个孩子出生起就是如此。从家族通信中可以看出，她对这对年轻夫妇非常和善。在她去世前，沃尔夫冈还给她带去她钟爱的咖啡和巧克力。

约瑟法在《魔笛》首演时扮演"夜之女王"，当时沃尔夫冈·莫扎特已处于弥留之际。她以强有力的嗓音和杰出的技巧赢得了盛名。随后她结婚，并拥有一个光辉灿烂的歌唱家生涯。

阿洛西亚虽然在维也纳红极一时，却终因任性妄为而身败名裂。她被观众遗忘后，又和康斯坦丝一起重新登台。她后半生深受神经忧郁之苦，无法面对自己容貌日渐衰老的现实，而她的崇拜者也因为厌烦了她的坏脾气而纷纷离开。

苏菲的演艺事业风生水起，结婚后仍然对姐妹不离不弃。莫扎特病逝时她也陪伴在卧榻前，康斯坦丝撰写的传记中详细地回忆了那段经历。我们今日能了解莫扎特小癖好和小玩笑的许多细节，都要归功于她。苏菲于 1846 年去世。

莫扎特的儿子们

长子卡尔希望成为音乐家，但是康斯坦丝为他在意大利从政铺好了路。他一直四处旅行，终身未娶。晚年生活动荡，致力于写作，于 1858 年去世。

次子弗朗兹-格扎维天生和他父亲一样左耳畸形，2 岁时被康斯坦丝改名为"沃尔夫冈"。他不情愿地被引导上一条音乐家道路，师从众多声名显赫的音乐家，其中包括海顿和萨列里。他终生郁郁寡欢，人们总是将他与他父亲相提并论。他后来疯狂地爱上了一个已婚女人，没有子嗣。他于 1844 年 53 岁生日那天去世，死于霍乱。

南内尔·莫扎特

　　沃尔夫冈的大姐很晚才结婚，成为贝尔希托尔德·簇·松嫩堡男爵夫人。在莫扎特去世后，她写信声称弟弟因为"不顾父亲反对，娶了一个与他不相称的年轻姑娘"，导致家里一片狼藉。两个女人之间一直针锋相对，直到后来南内尔双目失明，还在和康斯坦丝争夺家族墓穴里的一席之地。

关于沃尔夫冈·阿玛迪乌斯·莫扎特

莫扎特死于何种疾病？

沃尔夫冈·莫扎特死于严重的肾功能衰竭，这一病症让他看上去像中毒致死。如果他出生在我们这个时代，恐怕需要进行器官移植。

莫扎特去世时穷困潦倒吗？

莫扎特那时的确已经破产，但这和穷困潦倒有本质区别。他去世前一年的收入相当于现在的 12 万欧元，这让他手头颇为宽裕，但可惜的是，他和康斯坦丝都不是好管家。

他的遗体被丢弃到一个义冢里？

只有贵族和富豪才有权葬在独立的墓冢里，并把名字刻在墓碑上。莫扎特的遗体被送到一个义冢（即属于维也纳市的一个 16 席墓穴），在 1791 年，依他当时的处境而言这非常正常。

18 世纪欧洲的音乐家如何维持生计？

音乐家受雇于富贵人家，他们的地位与普通仆人一般毫无二致。1717 年，约翰-塞巴斯蒂安·巴赫因向雇主请假而被扔进了监狱。

莫扎特是第一个向雇主（科洛雷多采邑总主教）辞职成功的作曲家，但是为获得自由，他付出了高昂的代价。他的收入时断时续，无法过上平衡有序的生活，他对财务状况的忧虑无疑也加重了他的病情。

电影《莫扎特传》忠实地反映了现实吗？

这部非常出色的电影描述了莫扎特初到维也纳时遇到的困难、他顽皮的性格和超常的天赋，可是不足以称为作曲家的传记。有些场景的描写与现实有出入，但是这些都仅限于一些无关紧要的细节。

萨列里是否"下毒害死了莫扎特"？

萨列里在莫扎特音乐生涯之初，参与密谋让他破产，可是仅仅据此并不能断定他是毒杀莫扎特的凶手。他很尊敬莫扎特。在莫扎特生前，萨列里常常去看他的歌剧（常常是躲躲藏藏的，但是沃尔夫冈有时候会去找他）。在莫扎特死后，萨列里免费教授他的儿子们音乐，为了"让他们跟随伟大父亲的天才步伐前进"。

为什么说莫扎特是一个音乐天才？

"天才"一词是指无法单单用勤奋来解释的才能。音乐学家仔细审视了莫扎特谱曲的节奏后，对作品的创作速度和多样性发出赞叹。很多研究者企图探究莫扎特大脑的秘密，如同我们很好奇莱昂纳多·达·芬奇是如何创造出许多奇迹一样。然而，我们也不应该忘记，多亏了他父亲的悉心教导和马蒂尼的对位法技艺，才令莫扎特的天赋彰显于世。莫扎特自己也说："为了今日轻轻松松，以往的我费时费力。"

莫扎特创作了多少作品？

我们不知道确切数字，因为很多乐谱散佚、卖掉或销毁了，可是根据我们统计，至少有626部。康斯坦丝花了很多心血列明丈夫作品的清单，后来，克歇尔为他撰写了作品目录。我们现在还在使用克歇尔目录，所以曲目编号之前总是会有一个字母"K"。在世界各地，每天都有人至少弹奏或演唱两部莫扎特的作品。

相关作品

值得一读的书

《莫扎特：一生和一部作品》，卡琳娜·德洛布著，PEMF 出版社

《莫扎特》，布里吉特·拉贝和米歇尔·皮埃什著，米兰出版社

《年轻莫扎特的痛苦》，让-雅克·格赖夫著，闲情出版社

《莫扎特：乐神的爱子》，米歇尔·帕鲁蒂著，"发现之眼"系列，伽利玛青少年出版社

值得一听的音乐

《C 小调弥撒》作品 K.427

（其中有康斯坦丝前往萨尔茨堡时演唱的女高音片段）

《沃尔夫冈·阿玛迪乌斯·莫扎特》（书 + CD）扬·瓦尔克，伽利玛青少年出版社

《长笛和竖琴协奏曲》K.299 以及《第三十一交响

曲》K.297

《G 大调弦乐小夜曲》K.525

《安魂曲》K.626（未完成）

《费加罗的婚礼》K.492

《后宫诱逃》K.384

值得一去的地方

费加罗之家：维也纳教堂街，莫扎特谱写《费加罗的婚礼》时夫妇俩的故居。

斯特凡大教堂：莫扎特在里面结婚和为孩子施洗，也在那里举行了他的葬礼。

莫扎特之家：萨尔茨堡马卡特广场 8 号。

莫扎特故居：萨尔茨堡粮食街，现在是莫扎特博物馆。

布拉格贝特拉姆卡：莫扎特迷的朝圣之地，曾经属于他的音乐家朋友杜舍克夫妇。